STIFTUNG PREUSSISCHE SEEHANDLUNG

AF063577

Seit 1993 lesen an einem Wochenende im November vierundzwanzig, in diesem Jahr erstmalig 18 junge Autorinnen und Autoren in der literaturWERKstatt berlin vor einem gespannten Publikum und einer kritischen Autoren-Jury. Sie sind noch ganz am Anfang ihrer schriftstellerischen Karriere, keiner ist älter als 35 Jahre, sie suchen nach einer ernsthaften Herausforderung in der Literaturszene und nehmen deshalb am Open Mike teil.

Der Open Mike ist ein internationaler Wettbewerb junger deutschsprachiger Literatur. Schon längst ist er über die Grenzen Deutschlands hinaus bekannt geworden. Die Zahl der Einsendungen aus der Schweiz, Österreich und aus Übersee belegen das.

Der Open Mike ist eine Gemeinschaftsveranstaltung der literaturWERKstatt berlin und der STIFTUNG PREUSSISCHE SEEHANDLUNG. Mit freundlicher Unterstützung der Pro Helvetia, taz. die tageszeitung und DeutschlandRadio Berlin.

10. open mike

Internationaler Literaturwettbewerb
deutschsprachiger Autorinnen und Autoren
in der literaturWERKstatt berlin

Alle ausgewählten Wettbewerbstexte

literatur
WERKstatt STIFTUNG
berlin   PREUSSISCHE
            SEEHANDLUNG

allitera verlag

Der Allitera Verlag ist ein BoD™ Verlag der Buch & medi@ GmbH, München. Dieser Verlag publiziert ausschließlich Books on Demand in Zusammenarbeit mit der Books on Demand GmbH, Norderstedt, und dem Hamburger Buchgrossisten Libri. Die Bücher werden elektronisch gespeichert und auf Bestellung gedruckt, deshalb sind sie nie vergriffen. Books on Demand sind über den klassischen Buchhandel und Internet-Buchhandlungen zu beziehen.

Weitere Informationen über den Verlag und sein Programm unter: www.allitera.de

Der Verlag dankt der Projektleiterin Angelika Ludwig für die tatkräftige Unterstützung.

Autorenportraits
Pressefotografie

November 2002
Allitera Verlag
Ein BoD™ Verlag der Buch & medi@ GmbH, München
© 2002 für die Anthologie: Allitera Verlag, München
© 2002 Texte: bei den Autoren
Redaktion: Heike Hauf
Umschlaggestaltung: Kay Fretwurst unter Verwendung eines Fotos von der Gezett, Berlin
Herstellung: Books on Demand GmbH, Norderstedt
Printed in Germany · ISBN 3-935877-74-9

Inhalt

Vorwort · 7

Larissa Boehning *Globsch* · 10
Kirstin Breitenfellner *DRUCK/STELLEN* · 18
Anna Lisa Corrinth *Catatonia* · 36
Uwe Diemar *Ein Kindheits-Medley* · 43
Wiebke Eden *Scherbennetz* · 49
Michael Eric *Auswahl aus »Frösche im Regen«* · 55
Ariane Grundies *Götterspeise* · 69
Mascha Kurtz *Arkansas* · 75
Milena Oda *Auf Schritt und Tritt* · 82
Anne Otto *Hirnkurs* · 96
Carsten Polzin *Kleine Reise* · 103
Sascha Pranschke *Man kann auch woanders Eis essen* · 113
Katrin Reich *Die goldene Welt* · 122
Stephan Reich *Küsse und Rolltreppen* · 129
Tom Schulz *Ausfalltag u.a.* · 140
Christian Schünemann *Frisör* · 150
Achim Stricker *Leichenfett* · 159
Kai Weyand *Am Dienstag stürzen die Neubauten ein* · 164

Die Autoren · 171
Preisträger und Jury beim »Open Mike« 1993–2001 · 174

Vorwort

10 Jahre Open Mike – das heißt: Mehr als 6000 eingesandte Texte, deren Anzahl pro Jahr kontinuierlich zunahm. Das bedeutet: 60 Lektoren aus Verlagen Deutschlands, der Schweiz und Österreichs haben die Vorauswahl für 234 junge Autoren getroffen, die dann zum Endausscheid eingeladen wurden, 28 Mitglieder der Jurys haben bis zum Jahr 2001 insgesamt 27 Preisträger gekürt und werden in diesem Jahr wieder drei Gewinner auswählen. Einige Preisträger haben weitere Preise gewonnen – wie Terezia Móra den Bachmannpreis 1999 oder als jüngstes Beispiel Zsuzsa Bánk den Aspekte-Literaturpreis 2002, und fast alle der Teilnehmer am Endausscheid haben ihren Verlag gefunden und bereits ein oder zwei Jahre nach der Teilnahme ihr erstes Buch vorgelegt.

Es war schon lange der Wunsch der teilnehmenden Autorinnen und Autoren sowie des Publikums, die Texte des Open Mike Wettbewerbs bei den Lesungen in der Hand zu haben und sie mit nach Hause nehmen zu können; dem allitera Verlag ist es zu danken, daß pünktlich zum Jubiläum des Open Mike nun ein Band vorliegt, der im besten Sinne ein Arbeitsbuch ist. Die hier versammelten 18 Texte und mit ihnen die Autorinnen und Autoren haben die erste Hürde genommen und sind zum Endausscheid eingeladen. Das Buch ermöglicht dem Publikum das Mitlesen und den Teilnehmern das Nachlesen des eigenen Textes im Umfeld der anderen und gibt letzteren somit Auskunft über die eigene Entwicklung und Ortung als Schreibender.

Sechs Lektoren – Ursula Baumhauer (Diogenes Verlag, Zürich), Franz Hammerbacher (Edition Korrespondenzen, Wien), Margit Knapp (Verlag Klaus Wagenbach, Berlin), Wolfgang Matz (Zsolnay Verlag/Carl Hanser Verlag, Wien), Manfred Metzner (Verlag Das Wunderhorn, Heidelberg), Klaus Siblewski (Luchterhand Literaturverlag, München) – haben in den vergangenen

Monaten genau diese Vorauswahl aus 723 Bewerbungen getroffen. Wie im vergangenen Jahr wurde auch 2002 ein Lektor allein mit der Sichtung der Lyrik beauftragt. Sie erhielten die Blätter anonym, keine Information über den Autor lenkte vom Textkorpus ab. »Im ganzen deutschsprachigen Raum findet sich wohl kaum ein Wettbewerb, der so demokratisch und vorerst anonym jedem Text eine Chance gibt. Um zum Open Mike eingeladen zu werden, benötigt der Autor keinerlei ›Beziehung‹ und nicht den geringsten Sympathie-Bonus ...« Der Open Mike sei »das Nadelöhr in die Welt der Schriftstellerei ...« (Julia Franck, Gewinnerin 1995, Mitglied der Jury 2001).

Und die Texte? Von unerklärlichen und erklärlichen Todesfällen nach dem Besuch beim Friseur ist zu lesen, vom Zu-Tode-Füttern durch die kochende Mama, vom Hirnkurs, der das Gehirn wie einen Pilz vorführt, von einem Begräbnis in Paris oder von Schokoladenwaffeln produzierenden Frauen, die nur eines wollen: weg, sei es durch Heirat oder durch Suizid. Frauen, die mit sich bekrümelnden Teddys leben, von jungen Männern, die erfundene Onkels morden, und mittelalterlichen Männern, die gefangen sind in den Schrittzahlen ihres Wohn-Radius – aber auch Kindheits-Medleys des allwissenden und den Gang der Dinge arrangierenden Erzählers. Lehrer führen Schüler vor und Pubertierende revoltieren gegen hilflose Mütter ... Angesiedelt sind sie hier und heute, aber auch gestern, Ende der 70er Jahre, und vorvorgestern, im Berlin der mehr oder weniger goldenen 20er.

Ulrike Draesner, Josef Haslinger und Birgit Kempker ist es als Juroren in diesem Jahr anheimgegeben, die Preisträger zu küren – nicht allein 4800 Euro Preisgeld sind zu vergeben, sondern ebenso und vielleicht nicht weniger bedeutsam: eine Sendung im DeutschlandRadio Berlin.

An dieser Stelle danken wir, die literaturWERKstatt berlin und die Stiftung Preußische Seehandlung, all jenen, die zehn Jahre lang diesen Wettbewerb ermöglicht haben und die, so ist zu hoffen, uns auf diesem Weg auch in Zukunft begleiten werden: Den Projektleitern Katharina Wilts, Ursula Vogel und – seit fünf Jahren – Angelika Ludwig; Michael Wildenhain, der seit 1995 alle Texte vorab sichtet und den Open Mike moderiert, allen Lektoren und

Jurymitgliedern, und den Partnern, ohne die dieser Wettbewerb nicht zu realisieren wäre, insbesondere der Stiftung Pro Helvetia für kontinuierliche Förderung.

Viel Spaß beim Lesen wünschen

die literaturWERKstatt berlin
und die Stiftung Preußische Seehandlung

Berlin, den 15. Oktober 2002

Larissa Boehning
Globsch

Hier im Schwimmbad nennen die Leute ihn den Globsch. Da kommt der Globsch, oder hol mal den Globsch, sagen sie. Dann schlappt er in Latschen die Gänge hinunter, das Klatschen der Sohlen springt von Wand zu Wand.

Im Laufe der Jahre ist ihm sein Körper außer Kontrolle geraten, sein Bauch wölbt sich vorn über dem Hosenbund, der weiße Gürtel seiner knapp sitzenden Bademeistershorts schnürt ihn mittig zusammen. Darunter und darüber sucht sich das Fleisch seinen Weg. Sein Gesicht ist ausgelaufen zu einem breiten Doppelkinn, darauf kurze graue Bartstoppeln. Der Bart ist zusammengewachsen mit den Haaren auf Globschs Brust und seinem Nacken.

Selbst nennt er sich auch manchmal den Globsch, wenn er zur Christel an die Imbisstheke geht und sagt, Christelchen, der Globsch will'n Kaffee. Christel sieht ihn von unten an, die Wimperntusche hängt schwer um ihre Augen.

Abends, wenn er der Letzte ist, der durch das alte Bad schlendert, die Lichter in den Umkleidekabinen löscht, mit einem Feudel die tropfnassen Fußspuren in den Gängen aufwischt, dann summt er eine Melodie und singt auch manchmal leise. Die Töne stehen in den leeren Gängen zwischen den glatten Wänden und hallen wider und wider.

Alles ist gefliest hier. Die Wände hellblau bis zur Decke hinauf. Die Fußböden mit kleinformatigen grauen Fliesen. In der Schwimmhalle, am Kopfende, da wo die Sprungsteine stehen, ist ein Gemälde aus Kacheln, ein graubärtiger Gott beim Baden, mit einem Dreizack in Wellen aus Stein, aus kleinen türkisen Steinen gesetzt. In den Wellen springen blaue Fische mit lächelnden Fischmündern. Einmal im Monat wischt Globsch mit dem Feudel, den er an einen langen Stab gebunden hat, über den Gott und die Fische.

Es ist ein altes, richtiges Bad. Die Menschen aus der Nachbarschaft kommen drei- bis viermal die Woche hierher, um sich zu baden, weil sie zu Hause nichts haben. Keine Wanne, keine Dusche, nur das Waschbecken in der Küche und das steht voll mit Tellern und Pfannen.

Und es ist sein Bad seit 28 Jahren, seit er hier arbeitet. Der Chef ist vor zehn Jahren gestorben, die Erben zerstritten und der Alte hat ihm zwei Tage, bevor er am Wasser in der Lunge erstickt ist, gesagt: Globsch, alter Spanner, mach gute Arbeit, schau den Mädchen nicht hinterher und halt das Wasser sauber. Dann wird es das Bad noch lange machen. Der Alte hatte wässrige Augen, überhaupt war alles wässrig an ihm, kurz bevor er starb, und eine breite Haarsträhne klebte fischflossengleich über seiner Stirn.

Nachdem der Alte gestorben war, hat sich Globsch neue Schlappen und weiße Shorts gekauft, die hellen Glühbirnen in den Gängen gegen dunklere ausgetauscht und einen Massageraum eingeführt. Bis jetzt ist nur Kalle, der Mann von Christel, dort gewesen, hat sich umgeschaut und ist wieder gegangen, als er erfuhr, dass Globsch auch der Masseur ist.

Mittwochs und freitags kommen immer die Mädchen. In Horden, kichernd, quietschend, mit wippenden Zöpfen, bunten Haarspangen und rosa Handtüchern. Sie schlittern über die Fliesen, ziehen sich hinten an den Pullis oder lassen ihre Schwimmbeutel kreisend fliegen. Sie nehmen die schlafenden Gänge für sich ein, zerstreuen sich in die Umkleidekabinen. Reißverschlüsse knirschen, Schuhe fallen auf den Boden und die Schlüssel der Schränke klappern. Sie steigen aus den Frotteeunterhosen in ihre glatten Badeanzüge und werfen sich gegenseitig die Handtücher nach.

Sie laufen barfuß in die Halle, über die glitschigen Treppen und gehen alle gemeinsam unter die Dusche. Zwischen den fliesenglatten Wänden hallt vielfach ihr Quietschen und Kichern wider. Die Stimmen vermischen sich und schlagen als ein pulsierendes scharfkantiges Echo durch das Bad. Das dringt vor bis in den Keller, zu den großen Becken, den Trögen.

Globsch steht am vorderen Trog und lässt gerade das Wasser ab, es war schon zwei Tage darin geblieben. Er wischt das Becken aus, wischt die blauen Fliesen ab, die Seifenreste am oberen Ende, wie eine Linie gezeichnet, da stehen zwei Mädchen in der Tür. Sie haben über ihre Badeanzüge Handtücher gewickelt, vorn über der flachen Brust eingesteckt, und eine hält eine weiße Plastikschale für Seife in der Hand.

Globsch blickt flüchtig hoch und bleibt mit seinem Blick hängen.

Die sieht aus wie Lina, schießt es Globsch durch den Kopf, wie Lina vor vielen Jahren. Wie Lina ausgesehen hatte als Kind, Mädchen eher, im grauen Hinterhof, in verrutschten Strumpfhosen verkehrt herum an der Teppichstange hängend. Lina, mit geflochtenen Zöpfen, aus denen schon am späten Vormittag fast alle Haare rausgerutscht waren. Die noch als Zehnjährige knielange Dirndlkleider trug. Im Sommer mit nackten Knien, leicht nach innen gewachsenen knochigen Mädchenknien und im Winter mit Strumpfhosen, verfusselt, gerippt und im Schritt hängend. Lina, die Tochter des Hausmeisters Bohse, der noch drei weitere Töchter hatte, zwei aus erster Ehe, Lina und Marga aus zweiter. Lina war schmalschultrig, aber ihre Stimme füllte den ganzen Hinterhof. Lina war Globschs einzige große Liebe gewesen. Eine mit Raufen und Kratzen angezettelte Liebe, die sich durch den Hinterhof zog, vom Erdgeschoss und der feuchten Hausmeisterwohnung in die dritte Etage, wo Globsch mit seiner Mutter wohnte. Eine Liebe, die ohne große Worte auskam, weil man sich kloppte und manchmal etwas Schokolade teilte. Lina hatte eine Narbe an der Wange gehabt, fast am Auge, und Lina war zwei Jahre später mit ihrem Vater, dem Hausmeister, weggezogen.

Und da steht dieses Mädchen, mit den gleichen knochigen Knien unterm Handtuch, mit der Seifenschale in der Hand, und ist eine, die er schon kennt. Mit den gleichen Augen, dem Mund, der etwas verrutscht am spitzen Kinn sitzt und dünnen blonden Haaren.

Globsch lässt Wasser in den Trog laufen.

Wollt ihr baden?, fragt er durch das Rauschen des Wasserstrahls. Die eine von beiden, Lina, lächelt und nickt.

Dreht den Hahn ab, wenn's voll ist, murmelt Globsch im Gehen und kann seinen Blick nicht verstecken. Er starrt Lina an, ihr Gesicht. Auf diesen Mund, den er schon kennt, noch kennt, der Mund seiner Kindheit, den er nie hat küssen können. Weil Lina nur mit ihm redete. Oder die Zunge rausstreckte, um ihm zu zeigen, wie bonbonverfärbt sie war.

Nur ein Mal hätte er sie küssen wollen. Nur ein Mal ihre Hand halten, länger als der Moment, wo er ihr Stütze bei der Räuberleiter war. Als sie über die Mauer des Nachbarhofes wollte und nicht konnte, weil es keine Leiter gab.

Hein, so nannte sie ihn damals, hilf mir. Sie versah alles, was sie sagte, mit diesem unausgesprochenen Du musst! Er folgte. Später saß sie auf der Mauer, baumelte mit den Beinen und lachte. Dieses laute, holprige Lina-Lachen, das durch den Hof schallte.

Und jetzt dieser Mund. Hier unten im Bad.

Er bemerkt, dass Lina zurückstarrt, ihm nicht ins Gesicht, eher aufs Kinn. Er senkt den Blick und fühlt, dass ihm Blut in die Wangen steigt. Er sieht auf ihre Füße. Sie hat nur vier Zehen an einem Fuß. Sie folgt seinem Blick und krallt die Zehen zusammen. Globsch geht schnell über den Gang hinaus, schlappt in seinen Latschen, sieht auf seine Füße und zählt die Zehen nach. Vier sahen nicht ungewöhnlich aus.

Er geht in den Nebenraum, den Heizraum, und dreht an den Thermostaten. Sieht nach den Zählanzeigen, überprüft den Luftdruck. Klopft leise an die Kessel. Und hört dieses laute Lachen, Kindermädchenlachen, wie es durch den Hinterhof hallte und das Gefühl von Glück oder Schrecken eines ganzen Tages bestimmen konnte.

Da liegen die Mädchen in den Trögen, je eine in einem und halten sich mit ausgestreckten Armen an den gekachelten breiten Rändern fest. Ihr Blick ist auf die drei Bullaugen gerichtet, die in der Wand am Fußende der Tröge sind. Es sind Fenster, die zur großen Schwimmhalle gehen. Dort ist über ihnen eine breite Holzbank angebracht, daher sieht man unten, wenn man in den Trögen liegt, die Beine der Leute, die oben auf der Holzbank sitzen. Man sieht, wie sie zappeln, sich verkreuzen, kurz nur über die Bank hängen, weil es Kinderbeine sind. Man sieht Krampfadern, Badeschuhe, hängende Haut, glatte Haut und Handtücher, die heruntergefallen sind.

Die Mädchen halten sich an den Rändern fest und versuchen, wie ein Brett im Wasser zu liegen. Schauen auf ihre flachen Bäuche, wie der Bauch mit Luft eingeatmet sich wölbt und als Insel aus dem Wasser wächst. Eine Insel mit verwachsenem Nabel mitten im dunklen Trogwasser. Und dann ans Ende des Troges geklettert, gerudert mehr, und die Füße an die Trogwand gedrückt und die Knie aus dem Wasser geschoben.

Unten schwimmen Molche, sagt eine, ein Iih und ein Ääh, ein Schütteln im Wasser, Gluckern und Kichern zugleich.

Globsch ist aus dem Heizraum bis vor die Tür zum Raum mit den Trögen gegangen. Nicht geschlappt, eher geschlichen. Er ist seit zehn Jahren nicht mehr geschlichen, seit er hier der Chef ist.

Hier gibt's keine Molche, sagt die andere und: Ich kann höher als du. Platschen.

Ein Schwall Wasser ist über den Beckenrand geschwappt.

Siehst du den Dicken da oben?, fragt das eine Mädchen.

Wo?

Da, im Fenster in der Mitte. Die dicken Beine, voller Haare.

Uähg, sagt die andere.

Es platscht laut und Haut klatscht auf Wasser. Quietschend gleitet eine Hand über halbnasse Fliesen. Globsch sieht auf seine Beine. Dick sind sie, und behaart.

Plötzlich ist es still, nur ein Zischen, wie Luft tief eingeatmet wird. Er steht mit den Füßen an der Schwelle zum Eingang, sein Bauch ragt schon etwas in die Türöffnung hinein. Da geht er einen Schritt vor in den Raum und sieht in beiden Trögen keine Mädchen, sondern nur jeweils zwei Beine, die auf den breiten Rändern der Tröge liegen. Weiße, feuchte Haut über knochigen Knien. Und ein Fuß, der nur vier Zehen hat.

Leise plätschert es in den Trögen und die Beine liegen da, wie zwei ausgebleichte Äste am Strand.

Da spritzt mit einem atemlosen Prusten das Mädchen im hinteren Trog aus dem Wasser. Schüttelt den Kopf, hängt am Trogrand, atmet mit aufgerissenem Mund.

Im vorderen Trog liegt das dunkle Wasser ruhig, einige helle Schlieren schimmern auf der Oberfläche. Globsch macht einen Schritt auf den Trog zu und atmet tief ein, als müsse er Luft für zwei holen. Er atmet noch einmal, noch einmal und wartet. Die Füße hängen auseinander. Die vier Zehen zur einen Seite, die fünf zur anderen. Globsch beugt sich über den Trog. Unter dem Seifenwasser schimmert helle Haut und ein bis zum Bauch heruntergekrempelter Badeanzug. Er greift ins Wasser, ein milchiger Film zieht sich über seine Hand. Er fischt durch den Trog, unter den Beinen längs. Sieht kurz zum hinteren Trog hinüber. Ein erschrecktes Gesicht blickt ihn an, offener Mund, runde Augen. Globsch bückt sich und geht tief mit den Armen in den Trog, greift unter das

Mädchen und wuchtet es aus dem Wasser. Ihre Augen sind geschlossen, die Wimpern verklebt, nur der Mund öffnet sich und sie spuckt Globsch fast ins Gesicht. Unter einem ziehenden Schmerz im Rücken streckt er sich, das Mädchen auf den Armen.
Himmel, sagt er, was sollte das denn werden! Und schlappt mit ihr über den Gang in den Massageraum. Legt sie dort auf die Liege.

Sie öffnet die Augen, als sie bemerkt, dass sie flach liegt. Sie hat Wasser in den Augen, einen Schleier über dem Blick. Eine Hand, groß, liegt halb über ihrem Gesicht. Sie zittert und ihr ist kalt. Sie spuckt Wasser aus. Hustet. Ihr Körper spannt sich dabei. Globsch steht neben ihr und ist verwirrt, eher von der plötzlichen Nähe, als von dem Vorfall.
Ständig saufen diese Bälger ab, aber Lina hier, was macht sie nur, denkt er und streicht ihr mit der Hand Haare aus dem Gesicht.
Sie will etwas sagen, hustet nur. Sie schämt sich, dass er sie so liegen sieht. Ihren Fuß sieht. Dass er sie getragen hat. Ihr Rücken an seinen Armen, ihr Po in der Nähe seines mächtigen Bauches. Sie hat das Gefühl, mit dem Rücken am Plastikbezug der Liege zu kleben. Sie sieht die unförmigen Hände des Mannes, seine ganze unförmige Gestalt, er ist zu groß an allen Körperteilen. Er beugt sich über sie.
Geht's besser?
Sie nickt.
Er sieht an ihr hinunter. Sie folgt seinem Blick. Lange schon hat er nicht mehr Mädchenhaut aus der Nähe betrachten können. Mädchenhaut mit hellen Haaren, flaumgleich an den Unterarmen. Die flache Brust, die vom Frauwerden noch weit entfernt ist, die schmalen Schulterknochen, wie überhaupt alle Knochen noch unfertig, im Werden begriffen. Da die Füße. Der Fuß mit den vier Zehen. Gleichmäßig gewachsen sind die vier, die Abstände einfach nur etwas größer, die Zehen klein und rund; auch hier alles auf eine Art unfertig, als könnte der letzte Zeh noch wachsen, irgendwann. Er will nach dem Fuß greifen und ihn fühlen. Er zuckt nur kurz.
Christel kommt in die Tür.
Was ist los?, sagt sie im Gehen. Hinter ihr ist das andere Mädchen.
Die Kleine hier hat sich übernommen.

Nun, sagt Christel und stellt sich dicht vor die Liege, neben den Globsch. Ihre Arme berühren sich.
Mit dem Tauchen.
Ach so. Christel beugt sich über das Mädchen.
Es will antworten, etwas sagen, kann aber nur husten. Will sagen, dass es nicht tauchen war, dass es nur unter Wasser war und vergessen hat, aufzutauchen und Luft zu holen. Weil es so beschäftigt war unter Wasser. Weil es sein Herz so stark hat schlagen hören. In seinen Ohren. Weil alles andere so gedämpft war. Weil es so für sich war. Und das so liebt. Kein Geschrei, keine Stimmen. Nur den Druck des Wassers am Ohr, und wie das Ohr sich nach innen wendet und der Körper mit all seinen Geräuschen plötzlich laut wird. Darauf hat das Mädchen gehorcht. Und das Atmen vergessen, weil das nur Lärm machen würde.
Ich, sagt das Mädchen zwischen dem Husten, und Christel streicht ihr kurz über das feuchte Gesicht.
Können Sie unsere Mutter anrufen? Das andere Mädchen steht am Fußende der Liege. Christel nickt und will sich abwenden. Da greift die schlaffe Hand des Mädchens auf der Liege nach Christels Arm und hält ihn fest. Christel bleibt stehen.
Ich geh schon, sagt der Globsch.

Er schlappt über den Gang nach oben zum Bademeister-Büro. Und er sieht plötzlich das Bild vor Augen, als Lina gekrümmt unter der Teppichstange lag, die Beine angewinkelt, seltsam verdreht, mit einer Wunde am Kopf. Blut auf den Betonplatten und in ihrem Haar. Die Haut an der Schulter und am Ellenbogen abgerieben, zwischen dem Dreck das rote Fleisch. Globsch hatte daneben gestanden und sich nicht getraut, sie anzufassen. Die unverwundete Lina wollte er immer anfassen, so oft und unbemerkt es ging, aber nicht die, die quer und verschrammt unter der Teppichstange lag. Wie ein Ausrufezeichen, die gerade Stange über ihr. Lina weinte. Es war das erste Mal, dass Globsch sie weinen sah. Über ihr verschmiertes Gesicht liefen Tränen, zeichneten eine Linie vom Auge über die Wange. Tropften am Ohr vorbei auf den Boden.
Er war hinauf zur Wohnung gelaufen, hatte Sturm geklingelt und seine Mutter die Treppen hinunter getrieben. Als sie in den Hof kamen, kniete die alte Krüll neben Lina. In Puschen und Kittel wischte sie ihr mit einem Tuch den Dreck von der Haut.

Seine Mutter schob Lina vorsichtig auf die Seite. Ein nasser Fleck aus Tränen auf dem Beton. Und kurz über der Stelle, wo Linas Kopf eben noch gelegen hatte, lag ihre Haarspange. Eine silberne Spange, an der blaue, lächelnde Fische aus Emaille steckten.

Kirstin Breitenfellner

DRUCK/STELLEN

Gedichte

I. DRUCK/STELLEN, physio-logisch

II. DRUCK/STELLEN, un-heimlich

III. DRUCK/STELLEN, krea-türlich

IV. DRUCK/STELLEN, s(k)eptisch

V. DRUCK/STELLEN, zeit-los

VI. DRUCK/STELLEN, (w)örtlich

I. DRUCK/STELLEN, physio-logisch

SEH/NERV

blick/feld

du schlägst die augen
auf am andern, blicke werfen
sich ins schwarze, schrauben
sich an nerven-

enden kaum noch anschließbar
verlangt das ich der welt
programme ab, spielt sich wahr
verlebt gestellt

hohl/spiegel

die welt wirft
niemandem den brennpunkt zu
die tonspur trifft
auf stille nicht und ruh

und du geschützt von alten
filmen, arg verschont,
kannst licht nicht lichtgestalten
dort am drehort abgewohnt

licht/spiele

am schirm strahlt
lebenleben, sucht der seher
spiegel, bilder, zahlt
fragt, fragt, wann kommt es näher

und wartet zäher
steht und malt
sich aus, es kommt schon näher
wartet, wartet, malt noch zäher

funk/station

die wege kürzen
sich verfügbar in der zeit
fern sprecher abbild stürzen
ungeschickt in offenheit

auf wellenschlägen
gleiten zeichen unbesorgt
funkstille regen
austausch ausgeborgt

bild/punkt

das objektiv verrät
den bruch, die narbe
der punkt ein urgerät
nur eine farbe

die muster gleichen
sich von fern, verbieten
perspektiven, zeichenzeichen
selbst verliebt in bilder, riten

film/schnitt

am ende schneidet –
rasch den organismus
augennass entkleidet
ordnung maß zynismus –

etwas diesen streifen ab
das skript, erst angeschrieben
liegt abgedreht am grab
verloren titel rollen fliegen

II. DRUCK/STELLEN, un-heimlich

eigen/heim

die dünnen wände
trotzen der ersparnis
der bauplan dividende
setzt der fahrnis

dieses haus ins fundament
das fertig hergestellt genossen
in eigensinn sich schafft horrend
das heimspiel schon verschossen

denk/gebäude

es schlägt sich raum
im dickicht das den schutz
verwehrt ein satzungszaun
der todesarten eigen nutz

es schlägt sich auf
das wortzelt bald
im wurzelreich, am lauf
des abgesanges, ungestalt

narren/kastl

die raumangabe baut
sich auf koordinaten
jenseits jeder statik schaut
das auge einem traum ab raten

einer logik, die dem selbst laut
im sofortbild folgt, verjahrte
spuren auf dem zahn erbaut
der zeit entrückt in tonbildarten

auto/mobil

so schnell nur zu
sofort mobil
in tiefe ruh
an gurten reif das spiel

auf straßen unterm schuh
schießt gastlos übers ziel
in fahrt so sicher ans tabu
der windschutz wirkt stabil

III. DRUCK/STELLEN, krea-türlich

katzen/kopf

die katze kratzt am
selbst bewusst sein
ohne uns jagt sie so zahm
sie hält den raubzug ein
sie sitzt allein, schleckt sich
das fell so dicht sie sieht uns nicht

hunds/tage

der hund er bellt
so leicht die stille fort
das bein umschleicht gestellt
steht er und geht vor unsern ort
ins wasser und nicht vor die hunde
geht reiner noch die runde runde

ritt/meister

der reiter hält
die zügel nur
dem pferd gefällt
die zucht so leicht und stur
vergaloppiert es sich in stock und sein
geht durch, kommt nieder von allein

angst/vieh

das tier sieht ein fühlt
tief sich in die welt
sein bloßes wesen kühlt
die angst es zählt
der mensch den tod
in tagen schweiß und kot

fleisch/gericht

am teller liegt
das opfer siegt
auch diesmal keiner
schöpfer nur und kleiner
als das ganze nicht nur täter
kreatur und selbst verräter

tier/liebe

die liebe ist
ein hund so treu
die katze scheu
das pferd sein mist
ein apfel schmeckt
die welt entdeckt

IV. DRUCK/STELLEN, s(k)eptisch

I

die frucht setzt feuchte
stellen an, die schale dürrt
die träne aufgeraut
von fremder nachricht
wellt das nagelbett
entzündungsherde knochen
aufgestaut

II

das blatt die leuchte
dieses herbstlos spürt
die kälte aufgetaut
ein rascheln nachsicht
frühling unkt kokett
und hoffnung angebrochen
abgeflaut

III

das wasser bräuchte
zug fluss sicht eis führt
ein stocken unvertraut
da staut die tagschicht
hinterm fensterbrett
es hat sich schon verkrochen
eingebaut

V. DRUCK/STELLEN, *zeit-los*

zeit/fluss

der zeiger zweigt
die stunde geht
sie weilt und schweigt
dort am zenit entsteht

der augenblick verneigt
sich schon dem ende steht
nicht still und angezeigt
das jetzt, vorbei, zu spät

zeit/punkt

wo niemand denkt
ans ende, ans danach
sich achtung schenkt
der hafer stach

ins sprunggelenk
ganz plötzlich wach
nicht abgelenkt
die furcht liegt brach

zeit/druck

im tempo reich
und übereilt der lauf
stabil zugleich
reißt an den knauf

die ankunft bleich
im dauerlauf ein kauf
der fonds so reich
sie haut sich auf

zeit/raum

im kopf die raumzeit
setzt die welt ins stück
und endlich nur bereit
das ich im einspruchsglück

geht immer kurz zu weit
an grenzen aus dem blick
die biegung endlos breit
sie wellt sich stets zurück

zeit/wort

der zeichensatz drückt
seine eigne dauer aus
als handlung rückt
das ding durchaus

ins weltenhaus
die form entzückt
holt weit weitaus
die bannung ist geglückt?

zeit/los

schlag sie ein
wirst sie nicht los
mach dich so klein
vergeht doch bloß

geschickt hinein
ins bodenlos
ein loch im sein
die augen groß

VII. DRUCK/STELLEN, (w)örtlich

STATT/LAND/STADT

stadt/land/stadt

im straßennetz verdichten
sich die wege wogen richten
sich am wind der rede aus

fix auf und in die bar die stadt statt
plankauf kaufhauskaufrausch
bildung bildhaft staublärm satt

ein landgang dann ein schnitt ein cut
kurz mit des motors fahrt vollzogen
ins mehr von meer und berg rabatt

der traum von land rand einssein sonnenklar
verspaßt die freude plan von gier die zier
dort zirpt das heupferd nachts vorm stadel

stadt auf land ab und schon betrogen tadel
nur der wetterfronten kaum berechenbar
erleuchtet feuer stadt werk fern am himmel bogen

land aus stadt ein nur hier scheint rein
das bild genügen in natur im jetzt jetzthier
nicht lügen fügen ein vergnügen staut den keim

aus stillstand selbst erkenntnis im visier
nicht sicht sucht flucht in stadtlandbastion
doch schon ganz eins in zeitung raster fern vision

stadtaus/landein

von ruhe schwärmte ein versprechen
strebt landwärts nicht der häuserarm der stadt
genießen nerven bahnen die erregung brechen

dennoch auf zu bildwand waldvoll blumenbad
im herz das ende von missachtung der natur verbrechen
hinterhand und hinterland das illustrierte blatt

in landhaus gartenruhe nachbarn schneiden rechen
rechnen den besuch aus gunst auch kunst und kat
als gegner ab die stadtflucht landsucht ein gebrechen

landaus/stadtein

der grenzstein ist gesteckt lackiert borniert
das frühaufstehn das rasenmähen unterpfand
so recht zu schaffen strafen schlafen im geviert

in sicherheit aus hassgestau verwandtschaftsband
die wahl die freundschaft rede freiheit ungeniert negiert
so ausgefuchst schon ausgefallen aus verband verstand

und diese enge nicht sehr sachlich sachgemäß entbrannt
das land dieselbe silhouette tag für tag maskiert
die flucht die furcht erregung ist schon aufdavonmarschiert

statt/land/stadt

das stadtland-abc heißt buchstabieren
heißt fluss und startwind heupferd nichts verlieren
heißt stattlandstadt und manchmal land und freie hand

HEIM/REISE

erd/haft

fest auf der erde sitzt
ein mensch so fern die sucht der reise
trägheit hält daheim und leise

schwitzt er hoffnung aus und spitzt
den stift mit sicherheit purismus
zieht ihn das angenehme als tourismus

als verlocken toter worte haube stern
zu palmendach und fort zu inselort exotik
meersaum flusspferd sand und gern

auch voll versprechen von erotik
unvertrautes schreckt es steckt
gefahren an den hut kulturencheck

ein bildungsauftrag ohne müh und not
mit armut aus dem bilderbuch und büffelkot
und lachen über nicht sehr saubren früchten

hotels in ketten animierung und ein flüchten
in der hinterhand so unbekannt das hinterland
die reise heim ins unbenannte altbekannt

dabei ein halsband afrikanisch rauscht der chinataft
die sinne warm der kopf am gängelband
gedankenstempel ganz bequem in erdenkörperhaft

wasser/druck

so windstill hockt
die hoffnung stockt das weltmeer lockt
der katalog verschweißt so wasserdicht

daheim die sehnsucht sticht
allein auf see das land verschwände
eilte der gefahr voraus die elemente bände

los der rausch durchbräche dämme wände
wasserbeben schluckte schon die nassen
massen ankerhafen außer sicht

feuer/fest

ein geistesblitz und feuer fängt
die flamme eines abflugs reine gier
verschafft sich luft so ahnungslos hängt

ab die furcht das schloss die leiter hier
greift in den himmel eine ankunft nicht geheuer
ausflucht logik neuer beute gar nicht teuer

atemlos auf abenteuer neuer
fertigkeiten augenmaß und neubeginn
ein stolz erfindet alles außer sinn

luft/dicht

die luft zieht ein wer bleibt ganz bei und außer
sich und sinn erwacht aus der narkose rauch
und winkt die suchflucht ab im weltenbauch

W/ORTE

wort/wahl

dann führt das wort
hinaus wohl auf der zunge liegt
es dreht und wälzt sich himmelein

es kommt nicht los und kommt sofort
auf flügeln fliegt und nimmer siegt
ein sprechakt in der welt ein schein

die wortart eine kühne kunst
wird nach- und vorsichtlich verhunzt
verplaudert auch im sprachgebrauch

sie spricht im bauch
oh doch, ich liebe diese sätze
sind hüllen wohl, sie äsen, ätzen

so explosiv, sind schätze doch
ein schlupfloch, nagel, schlüsselloch
eins, zwei gedeutet ausgebeutet

der pfeil ins schwarze wieder läutet
an den geist, erkenntnis hell
und flüchtig oft, ein karussell

das freie wort wählt nicht
sich selbst, es fürchtet nicht die sicht
so frei es baut ein zelt nicht dumm

wort/feld

es spricht sich raum
rundum erlesen kaum
legt sich zu buche

lauthals einen sinn die suche
so wohl bestellt das feld
so frech benannt die welt

die saat, ein lautstand
logisch baut den staat
der witz und schutz verbürgt

wort/bruch

bis auf das letzte buch der stabe
er klebt so fest und wirkt
ein wort fragil ein schatz so schade

bis auf den letzten spruch versagt
die rede wendung jeder tagt
tanzt an zu argument und test

rhetorisch theoretisch brennt
der markt das ding schon fest
das herzfach zugezogen aufgetrennt

wort/los

vernäht die frage nach dem glück
nicht wortlos jederorts zurück
der wortort weltreich atmet stumm

Anna Lisa Corrinth
Catatonia

Komisch, dass es nicht regnet, wie in Filmen immer. Der Himmel ist weder bleischwer noch dunkelgrau. Die Leute haben keine schwarzen Regenschirme, auf die der Regen herunterprasseln könnte, und niemand muss mit lauter Stimme dagegen anreden. Nein, da oben ist alles blau, ein erster, trockener Frühlingstag. Ein paar Verwandte flüstern auf Englisch, ein Vogel zwitschert in den kahlen Ästen. Ich lege den Kopf in den Nacken und halte mein Gesicht in die Sonne, als sie den Sarg in die Grube gleiten lassen.

Inattendu, tragique, une vie à peine commencée, blabla. Halt doch bloß die Klappe. Der kannte sie doch nicht, putain de prêtre de merde, ich hab ihre Stimme im Ohr, wie sie das sagen würde oder gesagt hätte, sie hat Leute wie den verachtet. Wie der es genießt, Trost zu spenden, sich reden zu hören, die Wörter essend wie Pralinen. Was hat er für ein Recht, irgendwas über sie zu sagen. Er kennt sie nicht. Nicht mal ich kannte sie. Die Mutter tritt ans Grab, im schwarzen Pelz, gebeugt, gebrochen, gestützt von Liebhaber No. 17, der betrübt und würdevoll schaut und sich schön findet in seiner Trauer. Von den Schäufelchen poltert die Erde auf den Sargdeckel. Im Sarg liegt man auf dem Rücken, obwohl sie auf dem Rücken nicht schlafen kann. Ich seh sie: Ihre Haare umrahmen rotlockig ihr Gesicht und sie versucht sich umzudrehen, aber es geht nicht, denn sie ist ja tot.

Ich habe die dunkelblaue Cordhose angezogen und den dunkelgrauen Wollpulli, und die Mütze aus Prag, die sie mir geschenkt hat, als wir uns das letzte Mal gesehen haben. Ich weine jetzt nicht, ich hebe ein trockenes Stöckchen auf und zerknacke es zwischen den Fingern. Ich werde heute bestimmt noch weinen, während die Verwandten in einem Restaurant ihre Trauer feiern: Das konnte keiner wissen, nein nein, da braucht sich keiner Vorwürfe zu machen, heutzutage mit den Drogen, wir haben nichts falsch gemacht.

In der Metro werde ich heulen, wenn ich zurück ins Septième

in Nicos' Wohnung fahre. Die Tränen werden mir runterrollen, ich werde sie nicht wegwischen, ich werde mit verschmiertem Gesicht dasitzen und laut die Nase hochziehen und es wird mir ganz egal sein, welcher Idiot mich dabei anstarrt. Dann werde ich mich auf Nicos' riesigem Bett zusammenrollen, in dem wir einmal zu dritt nicht geschlafen haben. Es ist gut, dass er jetzt nicht da ist, ich werde meinen Schmerz nicht mit ihm teilen müssen. Nicos, er hat sie nie wirklich verstanden. Von mir weiß ich das auch nicht, aber ich möchte jetzt jedenfalls ganz fest an sie denken, möchte alles in mir mit der Erinnerung ausfüllen, damit sie mir nicht verloren geht, denn davor habe ich am meisten Angst, dass sie eines Tages auf einmal nicht mehr in meinem Kopf zu finden ist, einfach aus den Gedanken verdunstet und damit wirklich tot. Aber ich werd sie festhalten. Ich werde unsere Kassette anmachen, und der kleine bittersüße Vorgeschmack der Traurigkeit von damals wird anschwellen zu einem riesigen schmerzhaften Kloß, der mir von der Brust in den Hals, in die Augen drängt. Catatonia, Mädchen.

Ich lernte Catatonia in einem Hotelrestaurant kennen. Wir trugen weiße Blusen und kurze schwarze Röcke, wir bedienten deutsche und englische Busladungen, die sich prächtig amüsierten und einen Abend im Moulin Rouge vor sich hatten. Der Chef war aus Köln und verstand sich auf Gemütlichkeit. Wir erkannten uns an ungebügeltem Stoff und zusammengekniffenen Mündern, trafen uns nach Feierabend mit schmerzenden Füßen und Zigarettenrauch einsaugend auf der Straße wieder. »Tu viens boire un coup?« In irgendeiner Bar tranken wir Bier aus Flaschen und beschlossen, uns einen anderen Job zu suchen. Viel mehr redeten wir nicht, wir rauchten, tranken und schwiegen. Sie lächelte nicht. Ich fand sie schön und spröde und ehrlich.

Ihre Küche war hellblau gestrichen. Während ich mich noch auf dem Boden im Schlafsack zurechtrückte, breitete sie ihre kupfernen Locken auf dem dunkelroten Laken aus und schlief ein, bäuchlings. Am nächsten Morgen war sie weg, auf dem Tisch ein Zettel: »Ruf mich an 01 45 63 78 69«, in runden blauen Kringeln. Ich nahm ihn wie ein Versprechen, denn ich war sehr allein.

Sie schien dann nicht erfreut mich zu sehen. Sie kochte Lavendeltee, zündete ein Räucherstäbchen an und faltete sich auf einem Küchenstuhl zu einem kleinen Paket zusammen. »Zucker?« – »Ne danke.« Wir schwiegen, beide. Ich trank heißen Tee, um beschäftigt zu wirken, verbrannte mir die Zunge. Nach einer Weile, um die Stille zu füllen: »Was machst du eigentlich so?« – »Was, im Leben? Zirkusschule, 'n bisschen Akrobatik, sowas eben.« Ihr Vater war Ire, ihre Mutter hatte irgendwie geerbt, sie waren geschieden. »Aber ich möchte da nicht drüber reden, die ganze Scheiße.«

Als es einige Minuten später klingelte, atmete ich auf, sie ging zur Tür und kam zu zweit wieder. »Ça c'est François«, ein dunkelhariger Typ mit Hornbrille, flusigem blauen Wollpulli, schlechter Haltung und kompliziertem Gesicht. »Salut«, Küsschen, Küsschen. Er setzte sich, goss sich eine Tasse Tee ein. Er schien die Spielregeln zu kennen, fügte sich reibungslos in das Schweigen ein. Er begann, Catatonia eindringlich und finster zu mustern. Catatonia zerfetzte elend langsam ein Taschentuch in mikroskopisch kleine Stücke.

»Ich mach mich dann mal wieder auf den Weg ...« – »Wir können ja telefonieren«, sagte sie. »Ja, können wir.« Ich schlurfte die samtbeschlagenen Stufen hinunter und ließ meine Hand an der stuckverzierten Wand des Treppenhauses schleifen. Auf der Straße klaubte ich »Ruf mich an 01 47 63 78 69« aus dem Portemonnaie und schmiss es in eine Pfütze. Dann kaufte ich zwei Snickers am Automaten im Metroschacht und aß eins nach dem anderen. »Paris le désert« hab ich mal gelesen, jemand hatte das ins Holz einer Parkbank geritzt.

Ich war überrascht, als Catatonia drei Wochen später nachts bei mir anrief. »Kannst du vorbeikommen?« Ihre Stimme klang dringend und durcheinander. »Was, jetzt sofort? ... Ja, okay.« Als ich aufgelegt hatte, spürte ich wilde Freude in mir aufsteigen. Dann aber, innerhalb von Minuten, verwandelte sich die Freude in Ärger, und unterwegs stieg Wut in mir hoch. Über ihre Anmaßung, über meine beschissene Verfügbarkeit.

Ich fand sie als heulendes kleines Häufchen auf dem Teppich. Eine Weile stand ich herum, dann setzte ich mich daneben, schaute ihr zu und wartete. Zeit verstrich. Irgendwann sagte sie leise: »Du musst heute hier bleiben, okay? Ich hab morgen einen Termin, und ich brauch jemanden, der hier bleibt heute nacht. Ich halt das heute nicht alleine aus. Bitte!« Ich wollte nein sagen, aber es ging nicht. Ihr Gesicht war verheult und ganz jung, ich sagte »d'accord«, und sie fiel mir plötzlich um den Hals und vergrub sich darin, dass mein Kragen ganz nass wurde. Das war schön, und ich stellte keine weiteren Fragen. Ich sagte »du solltest jetzt lieber ins Bett gehen«, und sie nickte. »Ich bin froh, dass ich dich kenne«, sagte sie, als sie im Bett lag und ich im Schlafsack. Obwohl ich nicht wollte, wurde mir warm im Bauch. »Wirst du morgen früh mit mir kommen?« – »Wohin denn?« – »Sag's mir einfach: Kommst du mit oder nicht.« Wieder sagte ich ja, aus reiner Neugier, nicht aus Gutmütigkeit, wie ich mir einzureden versuchte.

Der Weg am nächsten Morgen war weit. In der Metro wurde Catatonia auf einmal aufgekratzt und überdreht, machte Witze über die Leute im Wagon. Dann stiegen wir aus. Nach ein paar Minuten Fußweg standen wir vor einem großen, hässlichen 70er-Jahre-Beton-Bau. Catatonia begann an ihrem Daumennagel zu kauen. Auf einem kleinen Schild neben der Tür war zu lesen: Hôpital St. Louis. Section Gynécologique. Sie ging zögernd die Stufen hoch, durch die Eingangstür, ich folgte und wir fuhren mit dem Fahrstuhl in den zweiten Stock, wo sie sich am Rezeptionsschalter meldete. Im Wartezimmer saßen Schwangere und Noch-Schwangere. Wir warteten nebeneinander auf grauen Plastik-Schalen-Sitzen und ich sah, dass Catatonias Hosenbeine zitterten. Irgendwann wurde ihr Name aufgerufen. »Bon courage.« Es dauerte sehr lange. Als sie wiederkam, war sie ganz blass und lächelte: »Wir können jetzt gehen.«

Wir gingen langsam zur Haltestelle zurück. »Ça va?« – »Ça va aller.« Nach einer Pause fragte sie unvermittelt: »Du, hast du Lust wegzufahren?« – »Wann?« – »Jetzt, heute.« – »Geht's dir denn gut?« – »Gut genug.« Ich lachte verdattert. »Im Ernst? Meinst du nicht ... Wenn du meinst? Okay, lass uns fahren.«

Wir fuhren ans Meer. Es war Herbst und stürmisch. Am Anfang ging es Catatonia schlecht, deshalb blieben wir im Zelt und kochten Tütensuppe. Ich massierte ihre Füße, machte ihr Tee und wünschte, es würde so weitergehen. Später rannten wir am Strand hin und her, hörten mit dem Walkman unsere Kassette und sangen laut mit, trampten ein bißchen in der Gegend herum, besichtigten den Mont St. Michel. Ich erzählte Catatonia alles und sie mir ein bißchen. Einmal fand sie einen Pilz und war gekränkt, als ich ihn nicht essen wollte. Ich glaube, ich habe ihn deshalb dann doch gegessen.

An einem Nachmittag nahm uns ein Bauer mit, der lehmige Kinder-Gummistiefel im Kofferraum hatte und über das Wetter Bescheid wusste. Er erklärte uns die 22 unterschiedlichen Pestizidsorten, die er einsetzte, erzählte stolz von seinen drei Jungs und seinen 1200 Schweinen, die er hätte, obwohl nur 500 erlaubt wären. »Aber die können mir alle nix, die da oben.« Catatonia saß auf dem Beifahrersitz und wurde immer bleicher und stiller.

»Wissen Sie was«, sagte sie dann plötzlich kaum hörbar, »Typen wie Sie kotzen mich an. Man sollte Sie einsperren wie ein Schwein und mit Pestiziden füttern.«

Danach standen wir wieder am Straßenrand, Catatonia war auf einmal ganz rot im Gesicht und betrachtete ihre Kickers. Wir schwiegen lange. »In so 'ner Welt will ich echt nicht leben«, sagte sie schließlich und ich wusste nicht, was ich dazu sagen sollte, also sagte ich nichts.

An einem anderen Tag legten wir uns auf den kahlen windigen Strand, in unseren Schlafsäcken, denn es war sehr kalt. Ein Typ kam vorbei, mit Locken und Parka, und setzte sich neben uns in den Sand, das war Nicos. Wir redeten über Muscheln und über Surfer mit Flugdrachen und über ›Salz auf unserer Haut‹. Catatonia und ich lachten und strichen unsere Haare aus dem Gesicht. Er fand uns aufregend, uns beide, und ich genoss es, mit ihr aufregend zu sein. Kurz bevor wir gehen wollten, fragte er beiläufig, ob wir eigentlich zusammen wären, Catatonia und ich, »nur so aus Interesse«. Catatonia sagte »Hättste wohl gerne« und er sagte »nein, gar nicht«. Da warf sie den Kopf in den Nacken, fragte grinsend: »Was würdest du uns geben, wenn wir uns vor dir küssen würden.« Und Nicos antwortete, er würde uns mit dem Auto nach Paris mitnehmen, aber nur, wenn wir erst uns küssen würden und danach jede von uns ihn. Ich sagte »ihr spinnt doch«, und dabei blieb es, und wir fuhren trotzdem mit ihm im Auto zurück nach Paris.

Wir kamen mitten in der Nacht an. »Kommt doch noch mit nach oben«, sagte Nicos. Er machte kein Licht, nur die Lavalampe, wir lagen auf seinem Bett, kifften, hörten unsere Kassette immer wieder von vorn, führten blödsinnige Diskussionen bis zum Morgengrauen. Wir waren eine Nacht lang richtig glücklich.

Ich hab dann später mit Nicos geschlafen. Catatonia auch, da bin ich ziemlich sicher. Aber das war nicht so wichtig. Jedenfalls sahen wir beide uns in der nächsten Zeit häufig, meistens, um nachts in überfüllten Bars abzuhängen. Oft holte ich sie gegen eins in der Bar ab, wo sie arbeitete, die mit den Jesusbildern überall und den Porno-Comics auf dem Klo. Dann zogen wir herum bis es hell wurde, tranken, rauchten, tanzten selten, ließen uns einladen, redeten nicht viel.

Später war immer öfter ein Typ dabei, der was von Catatonia wollte. Er war genau der gleiche Typ Mann wie vorher François, es war mit ihm sehr »schwierig« und »komisch«, und man musste viel Verständnis haben. Mitten in der Nacht an der Staßenecke, um fünf Uhr morgens hatte Catatonia »komplizierte« Gespräche hinter sich zu bringen, während ich abseits stand und wartete. Hin und wieder rief sie mich an und musste mich unbedingt sehen, und dann erzählte sie von ihren Problemen oder erzählte nichts, saß nur mit traurigen Augen da, und ich versuchte sie zu trösten. Dann wieder kam es vor, dass sie sich wochenlang nicht meldete. Irgendwann begann ich mitzuzählen, rief sie absichtlich nicht öfter an als sie mich, behauptete, ich hätte keine Zeit, wenn sie mich anrief. Eigentlich war das, weil ich sie gerne öfter für mich gehabt hätte. So sahen wir uns immer seltener.

Im darauffolgenden Herbst ging ich zurück nach Berlin. Ich hatte neue Freunde, ein neues Leben, und wir verloren uns aus den Augen. Erst im Winter sah ich sie noch einmal wieder. Sie rief mich einen Tag vorher an. Sie hätte in Prag Urlaub gemacht und wollte über Berlin zurückfahren. »Ich komm um fünf an, kommst du mich abholen.« – »Hör mal, das geht gerade nicht, dass du bei mir schläfst, meine Eltern sind im Moment zu Besuch. Es tut mir Leid, aber es geht einfach nicht, wir können uns nur am Nachmittag sehen.« Es tat mir wirklich Leid. – »Ach ja? Na, tant pis. Ich wollte ja nur nach Berlin kommen, um dich zu sehen. Ich wusste nicht, dass ich störe.« Ihre Stimme klang bitter. »Ich dachte mal, wir wären Freunde.«

Es tat sehr weh. Ich hatte gedacht, das täte es nicht mehr. Wir trafen uns in einem Café in Kreuzberg. Ich sagte es ihr ins Gesicht, gleich nach der Begrüßung, wie ich es mir vorgenommen hatte: »Ich find's scheiße, wie du mich behandelst.« Sie schwieg. Sie hatte tiefe Ringe unter den Augen, ihr Haar war ungekämmt.

Mir fiel auf, wie gelb ihre Fingerkuppen waren. »Weißt du, es geht mir echt nicht gut«, sagte sie irgendwann leise, aber ich hatte nichts mehr zu ihrem Trost zu sagen. Als wir uns verabschiedeten, kramte sie eine bunte Wollmütze aus ihrer Tasche »Hab ich dir mitgebracht«. Dann legte sie plötzlich ihre Hand um meinen Nacken, zog mich an sich und küsste mich auf den Mund.

Ich war sehr verwirrt, als sie weg war.

Uwe Diemar
Ein Kindheits-Medley
(Single Edit)

Ich kam zur Welt, niemand war zu Hause und fand einen Zettel mit der Nachricht »Wir sind einkaufen« auf dem Küchentisch.

Natürlich ist dies eine Lüge, aber, sollte ich jemals eine Autobiografie schreiben, sie müsste mit diesem Satz beginnen.

Es gibt Psychologen, die glauben, dass die ersten Erinnerungen eines jeden programmatisch seien für dessen Lebensmotto. Das erste Aufflammen von Bewusstsein hernach die Blaupause für Verhaltensmuster, mit denen man im Alter von dreiundzwanzig, achtundvierzig oder neunundsechzig Jahren seine Umgebung so herrlich strapazieren würde.

    Ich finde, dies ist eine entzückende Idee: Meine erste wahrhafte Erinnerung hängt nämlich an einem Müllauto!

Ich war zwei Jahre alt und musste wegen eines Armbruches, links, glatter Durchbruch der Speiche, einige Tage ins Krankenhaus. Nach späteren Erzählungen meiner Mutter bin ich von einem Cocktailsessel gefallen, worunter ich mir bis heute nichts Genaues vorstellen kann, so dass ich bereits als Pubertierender damit geprahlt hatte, dass ich von einem Barhocker gestürzt sei, was beweist, was für ein harter Kerl ich doch schon als kleiner Puper gewesen bin. Nun findet sich in jedem gut sortierten Krankenhaus mit integrierter Kinderabteilung auch ein nach pädagogischen Maßstäben eingerichtetes Spielzimmer. In einem derartigen Raum überfiel mich das erste Bewusstsein. Plötzlich fand ich mich am Leben, pummelig auf dem Boden sitzend, und rollte ein kleines, orangefarbenes Spielzeug-Müllauto inklusive kleiner, orangefarbenen Mülltonnenkippvorrichtung von rechts nach links und von links nach rechts und um meinen Körper herum, selig vor mich hin brummend.

    Was hat dies in Bezug auf unsere These zu bedeuten?

Ein Müllauto, das mir symbolträchtig mein Schicksal voraussagte?

Abwarten.

Wie es der Menschen verklärte Art ist, ignoriere ich diese Episode fürs Erste und widme mich der nächsten Erinnerung.

Gleicher Ort, wenig später.

Eine Krankenschwester drängte auf Mittagsschlaf. Ich sehe mich in einem Bett liegen und an die Decke starren. Es war langweilig, ich allein im Zimmer. Mir war nicht nach schlafen, mir war nach Gesang (Wein und Weib kannte ich damals nur bedingt). Und so sang ich. Trällerte ein Lied, bis die Krankenschwester den Raum wieder betrat und mich ermahnte, es sei doch jetzt Schlafenszeit.

Kaum war sie wieder draußen, überkam mich der Zwang: Mmh, mmh. Ich begann zu summen. Erst leise und langsam, dann ein wenig lauter, dieweil schneller werdend – und plötzlich rissen die Lippen auseinander und ich schmetterte eine Melodie in den zum Schlafen doch eigentlich viel zu hellen Raum.

Die Schwester hetzte mit hochrot verzerrtem Gesicht ins Zimmer und schrie: »Ist denn jetzt bald Ruhe hier?!«

Stille.

Doch. Das war schon sehr beeindruckend. Was so ein kleines, winziges Liedchen bei einer wohl sonst sehr netten und liebevollen Krankenschwester bewirken konnte, unglaublich.

Jahre später, als ich Adept der ZDF-Hitparade wurde, achtete ich natürlich genau auf die Technik der Sänger. Und siehe da, keiner der Künstler summte nur verhalten in sein Mikrophon. Und niemals, ich sage niemals, habe ich es erlebt, dass eine weiß gekleidete, mit einem Häubchen auf dem Kopf versehene Krankenschwester auf die Bühne trat und den Sängern empfahl, sich doch jetzt endlich wieder hinzulegen.

Nein, nein, es waren Heilige: die gesammelten Heinos, Karel Gotts und Cindies und Berts. Es gab einen Umstand, der mich vollends davon überzeugte, dass diese Künstler zu Wundern neigen und wenn schon nicht vom Papst, so doch wenigstens von Dieter-Thomas Heck selig gesprochen werden sollten: Ich sah sie nie atmen! Mir schien, sie holten vor Beginn ihrer Darbietung einmal tief Luft, um dann mit einem einzigen Atemfluss lächelnd ihre Melodien zum Besten zu geben. So sehr ich auch darauf achtete, ich erkannte kein äußerliches Anzeichen dafür, dass diese Gottgeweihten des Sauerstoffs wie Normalsterbliche bedurften.

Mein Versuch, diese vermeintliche Sangesform nun nachzuahmen, scheiterte notgedrungen. Meist stand ich mit rotem Kopf im Wohnzimmer und bedauerte keuchend, nicht einmal zum Refrain des jeweiligen Liedes gekommen zu sein.

Infolge ließ mich das Singen nicht mehr los. Wo ich auch hinging, was ich auch tat, überall musste ich singen. Einmal sprach mich eine ältere Dame auf offener Straße an, welch eine schöne Stimme ich doch hätte. Ich war perplex, ertappt – und rannte panisch davon.

Gleichwohl, wenn man sich unbemerkt an mich heranschleicht, ist die Chance auch heute noch groß, mich singend oder zumindest summend zu erleben.

An meinem dritten Geburtstag bekam ich von meiner Großmutter ein Xylophon. Diese nächste bewusste Erinnerung prägte mich derart, dass ich heute jedem Kleinkind, dessen ich habhaft werden kann, ein Xylophon schenken muss.

Überhaupt, mein Geburtstag. Der erste Weihnachtsfeiertag. Wie oft sollte ich mir aus diesem Anlass anhören, was für ein armer Kerl ich doch sei, nur einmal im Jahr Geschenke zu bekommen.

Geisterseher. Wie sollte ich denn etwas vermissen, was ich gar nicht kannte. Im Sommer Geburtstag zu haben, ist für mich unvorstellbar. Ich wäre ein benachteiligtes Kind. Kappes! Vielmehr hatte ich lange Zeit den Eindruck, das Weihnachtsbrimborium sei allein mir zu Ehren veranstaltet. Fürwahr, ich fühlte mich als Auserwählter, wenigstens für eine Dauer.

Die Leute sehen an allen Ecken und Enden furchtbares Leid. Nur wo die Not wirklich offenbar wird, stiefeln sie leichten Schrittes drüber hinweg.

Als Beweis möchte ich die Geschichte mit meinem Affen anführen. Ein um die dreißig Zentimeter großer Plüschtierkumpel, knallig rot und von mir heiß geliebt. Pragmatisch wie Kinder nun mal sind, nannte ich ihn Affe. Nun gut, er kam zuletzt etwas schmuddelig daher. Jedoch war dies beileibe kein Grund, ihn mir mit Hinterlist und Ränke zu entreißen. Doch genau dies geschah.

Es war Nikolaustag, ich muss wohl vier gewesen sein, als meine

Mutter mir ein übles Geschäft vorschlug. Ich bekäme einen frischen Teddybären, wenn ich ihr dafür meinen roten Freund aushändigen würde. Gier flammte in mir auf.

Was sag ich, Kinder sind käuflich.

Der Tausch kam zustande.

Nach einer halben Stunde ausgiebigem Beschäftigen mit dem neuen, grauen Bären verlangte ich jedoch nach meinem alten Gefährten. Dies wurde verneint. Brutal und schonungslos und gar nicht kindgerecht wurde mir berichtet, Affe sei schon in der Mülltonne. Überhaupt müsste ich erst einmal die Vorteile dieses funkelnagelneuen Bären erkennen, dessen Kopf und Gliedmaße beweglich waren. Schau mal, er kann winken.

War mir egal! Affe mag nicht so flexibel gewesen sein, aber er war mein Kumpel.

Was red ich, ich hatte keine Chance mehr, ihn jemals wiederzusehen. Zuweilen begleitet mich ein Bild, wie er zwischen verschmutzten Kaffeefiltern und benutzten Damenbinden auf einer Müllkippe sitzt und ziemlich verdutzt dreinschaut. Vielleicht fragt er sich, wo ich abgeblieben sein mag? Doch das will ich mir nicht vorstellen. Sonst wird mir so weinerlich zumute.

Den Teddybär kotzte ich wenige Tage später voll. Wahrhaft, was ging es mir schlecht, vermutlich psychosomatisch.

Ich erinnere mich gerne des Bären, der, nachdem ihn meine Mutter aus der Waschmaschine zog, mit Klammern an den Ohren auf der Wäscheleine im Hinterhof hing. Wenn ich mich nicht irre, drückte ich mir die Nase am Fenster meines Kinderzimmers platt und lachte gehässig.

Das Verhältnis zu meiner Mutter schien ein geschäftliches zu bleiben. Kaum konnte ich halbwegs lesen, richtete sie mich zum Einkaufen ab. Fast täglich musste ich mit einem langen Zettel bewaffnet – wir waren sieben Personen im Haushalt – in den Supermarkt schlurfen und schauen, wie viele Einkaufstüten meine dünnen Arme tragen konnten. Als bald später mein kleiner Bruder auf die Welt kam, wollte ich ihn auch gerne tragen. Er war ja viel leichter als die Tüten. Doch dies wurde mir untersagt. So schlussfolgerte ich, dass beispielsahlber die Unmengen Bauernbrote, Milchtüten oder die fünfhundert Gramm geschnittener Gouda-Käse, die ich unter Zuhilfenahme mehrerer Abstellpausen vom einen halben Kilometer entfernten Supermarkt nach

Hause schleppte, doch mehr Belang besaßen, als dieser kleine Schreihals, von dem man noch nicht einmal wusste, welche erste Erinnerung denn sein späteres Leben trüben könnte.

Herausragend aus dem Alltag zeigten sich die wahrlich aufregenden Staubsauger-Szenen meiner Mutter. Sobald sie glaubte, die Teppiche seien wieder zu schmutzig, stampfte sie, das brummende Monstrum hinter sich herziehend, durch die Wohnung. War ich unseligerweise zugegen, was leider meistens der Fall war, hetzte sie mich in meinem Zimmer von einer Ecke in die andere. Da gehörte eine phänomenale Lego-Konstruktion weggeräumt. Hier sollte ein Matchbox-Auto beiseite gefahren werden. In welche Richtung sie auch saugte, gleichwohl störte sie ein von mir sorgsam platziertes Spielzeug. Die Befehle spritzten mit gellender Stimme durch den Raum, denn bei dem Gepolter des Saugers verstand man ja sein eigenes Wort nicht.

In dieser Zeit hatte ich einmal einen Traum: Eines Nachmittags verlasse ich die Wohnung, um die Straße entlang schlendernd zu schauen, welche Abenteuer die Welt für mich bereithält. Von weitem höre ich plötzlich die Stimme meiner Mutter mit der berühmten Frage, ob ich denn mein Zimmer aufgeräumt hätte. Ihr Lamentieren mündet in ein Gezeter und das Volumen ihrer Stimme schwillt angsterregend an, wird monströser und raumfüllender. Ich höre sie, kann sie aber partout nicht sehen. Als ihre Stimme bereits katastrophale Ausmaße angenommen hat, sehe ich hinter unserem Wohnhaus einen prähistorischen Drachen emporsteigen. Er trägt das Gesicht meiner Mutter und krächzt mich an, dass überall mein Zeug herumliege und wenn nicht sofort Ordnung geschaffen würde, für nichts garantiert werden kann.

Aus diesem Grund schlägt sich noch heute das Staubsaugen auf mein Gemüt. Sollte meine Liebste auf die Idee kommen, den Boden unserer gemeinsamen Wohnung säubern zu wollen, bin ich entweder nicht daheim oder mache, falls ich doch unerwartet zu Hause und nicht müde bin, es lieber selbst. Denn besser ist es, selbst hinter dem Sauger die Kontrolle zu besitzen, als orientierungslos durch die Wohnung zu stolpern, immer auf der Suche nach einem Fluchtpunkt.

In diesen unsäglichen Staubsauger-Exzessen wie auch bei ähnlich gearteten Situationen überkam mich mitunter die Aufmüpfigkeit.

Als Antwort hörte ich zumeist den immer gleichen, beeindruckenden, kryptischen Satz: »Spar dir deine Worte!«
Spar dir deine Worte!
Sparen.
Worte.
Worte sparen.
Man spart Geld, um später genug davon zu haben. Man zahlt es vielleicht sogar bei einer Bank ein. Man bekommt Zinsen.
Was geschieht mit Worten, die man spart?
»Sprechen sie karg mit der Wort-Sparkasse an ihrer Seite!«
Gibt es Zinsen? Dort mal ein Buchstabe. Bald schon ein kleines Wort. Vielleicht ein Und oder ein Oder, aber auch ein Aber wäre nicht schlecht.
Ich verstand diesen Satz so, dass der Mensch ein endliches Repertoire an Worten hat. Irgendwann hast du nur noch eine Hand voll Worte und – Schweigen.
Was konnte ich dagegen tun?
Im Alter von zehn Jahren forderte ich – in wenigen Worten – von meiner Mutter einen Leseausweis für die örtliche Bücherei. Nur unter Murren und dem von mir abgelieferten Versprechen, nicht wie die älteren Geschwister durch das arg verspätete Zurückbringen der Bücher und den darauffolgenden Mahngebühren die Familie in den Ruin zu treiben, genehmigte sie meinen Wunsch und schrieb mir die nötige Vollmacht.
Meine Besuche in der Bibliothek häuften sich.
Ich las und schwieg, sparte meine Worte.
Und ich schwor: Wenn ich groß bin, gehe ich an die Wortbörse, spekulieren. Der Gewinn wird gewaltig sein. Vielleicht reicht es ja auch irgendwann zu Worterträgen wie »MÜLLTONNENKIPPVORRICHTUNG«.

Wiebke Eden
Scherbennetz

Das Paar beobachtete mich durchs Fernrohr. Es schien zu glauben, dass ich nicht merkte, wie sie mir zuschauten, mir und Ted, die wir zusammen auf der Couch saßen. Ich las ihm aus der Zeitung vor, Nachrichten über den Rinderwahnsinn und Ted und ich beschlossen, nur noch Schweinefleisch zu essen, Schnitzel, Bauchspeck, Nackensteak, oder Geflügel, Hähnchenkeule, Entenbrust, Putengeschnetzeltes. Das Paar beobachtete mich durchs Fernrohr und sah, wie ich mich mit Ted unterhielt. Ich öffnete den Mund und klappte ihn zu und neigte meinen Kopf, um Ted in die Augen zu sehen, blau irisierende Augen, die so gut zu dem gelben Fell passen. Ted ist ein Teddybär und ich lebe mit ihm, seitdem ich vier bin. Ich lebe mit ihm seit 34 Jahren. Der Pelz an Schnauze und Bauch ist abgeschabt, na ja, anderen fallen die Haare aus. Für die Pullover, die ich ihm stricke, nehme ich extra weiche Wolle, meist Mohairgarn, um die wunden Stellen seines Körpers zu schonen. Das Paar fand es komisch, dass sich ein erwachsener Mensch mit einem Teddybären unterhielt, warum hätte es mich sonst durchs Fernrohr beobachten sollen? Andere starren uns an und grinsen, wenn ich mit Ted ins Café gehe und zwei Kakao bestelle, das kommt selten vor, ich gehe ungern aus, es reicht schon, dass ich den ganzen Tag im Büro der Versicherung hocke. Ted würde häufiger ausgehen, ins Kino oder ins Konzert. Ich habe ihm einen CD-Wechsler gekauft, damit er ununterbrochen Musik hören kann, am liebsten die Stücke von Dvorák, die haben so etwas Großes, Pompöses, da dehnt sich ihm die handschmale Brust.

Das Paar wohnt im Haus gegenüber, ein Stockwerk höher hinter weiß getünchter Jugendstilfassade. Er hat graues Bürstenhaar und ein scharfkantiges Kinn, sie eine blonde Mähne und einen violett geschminkten Brombeermund. Ihr Geld geben sie für antiquiertes Mobiliar aus und für Gemälde, das kann ich sehen, sobald sie die Gazevorhänge zurückziehen und die Bogenfenster öffnen. Wenn sie das Haus verlassen und in ihren Sternenwagen steigen, trägt er Jeans und Lederjacke, sie schwarze oder weiße lange, taillierte Mäntel.

Ich wohne in einem Block aus dem Jahr 1969 und habe meine 57 Quadratmeter große Wohnung mit den Küchenstühlen, Polstersesseln und der Eichenschrankwand meiner Eltern ausgestattet. Ich glaube, meine Eltern sind gestorben. Ich glaube mich zu erinnern, dass ein Pastor am Sarg meines Vaters stand, von »kurzer, schwerer Krankheit« sprach und das Kreuz über ihm schlug. Ich glaube, dass meine Mutter eines Morgens mit einem schiefen Mund am Frühstückstisch saß und einen Arm nicht mehr bewegen konnte, eine Nachbarin hatte sie gefunden und einen Arzt gerufen, der einen Schlaganfall diagnostiziert hatte. Es kann sein, dass ich aufgelacht habe, Schlaganfall, ausgerechnet meine Mutter, mein Vater hatte Schlaganfälle, nicht einen, Hunderte, Tausende. Mein Vater hatte seine Hand gehoben und meiner Mutter ins Gesicht geschlagen, dass sie hinfiel und mit dem Kopf an die Herdkante stieß. Er hob seine Hand, die er zur Faust ballte und in ihren Magen boxte. Er legte sie übers Knie und hob seine Hand, um ihr den Hintern zu versohlen, er schlug im Stakkato, schneller und schneller, und sie wimmerte, bitte, hör auf, bitte, ich tu es nicht wieder, und sie meinte, dass sie nicht wieder Kartoffelbrei kochen würde, wenn er lieber Pommes frites gehabt hätte, dass sie nicht wieder essen würde, wenn er aß, dass sie nicht wieder Schlager hören würde, wenn er früher von der Arbeit nach Hause kam. Meine Mutter hatte eine feinporige, helle Gesichtshaut, die sich blutrot färbte, wenn mein Vater sie schlug. Manchmal schleifte er sie an den schulterlangen schwarzen Haaren über den blumigen Wohnzimmerteppich. Ließ er sie los, hielt er schwarze Büschel in den Händen, die er mit verzerrtem Gesicht abschüttelte, als würde er sich ekeln vor dem Haar meiner Mutter.

Ihrem Haar widmete sich meine Mutter zärtlich und stolz. Alle zwei Tage wusch sie es mit Rosskastanienshampoo, um es glänzend zu halten. Sie kaufte sich Zeitschriften mit Anleitungen für Hochsteckfrisuren und drechselte und drapierte ihr Haar nach den Bildern. Sie stand vor dem Badezimmerspiegel und wickelte dicke Strähnen um die Handkanten und Finger, steckte Nadeln und Spangen und lächelte mich an, die ich mit Ted im Arm hinter ihr stand. Wie findest du es?, fragte sie und präsentierte einen verschnörkelten Dutt oder eine 50er-Jahre-Banane. Ich fand sie immer schön, so elegant.

Als ich einmal von der Schule kam, lagen die Haare meiner Mutter auf dem Küchenfußboden. Sie stand am Herd und rührte Gemüsesuppe, ihre Schultern zuckten und sie versuchte zu lächeln, als sie mich sah. Sie ließ den Topf stehen, schob das gezackte Brotmesser aus meinem Blick und kehrte mit den Füßen die Haarsträhnen auf dem Boden zusammen. Dein Vater hat mir den Pferdeschwanz abgesäbelt, nun, bin ich ihn halt los, ist viel praktischer, sagte sie und ich schluckte und wusste nichts zu sagen. Auf ihrem Handrücken klebte verschorftes Blut. Als wir am Mittagstisch saßen, schimpfte mein Vater. Du Schlampe, wie siehst du aus? Bind dir ein Tuch um den Kopf oder geh zum Friseur – und mir aus den Augen.

Mein Vater liebte mein Mutter. Ich glaube, er fand sie begehrenswert. Wenn sie am Abend ausgingen, trug meine Mutter enge Röcke, die ihre üppigen Hüften umstrichen, und mein Vater legte seine Hand darauf und lächelte anerkennend. Ich hörte sie nicht immer nachts die Haustür aufschließen. Manchmal standen sie schon im Schlafzimmer und mein Vater schrie, Flittchen, ich will dir helfen, anderen schöne Augen zu machen, und es klatschte, Haut prallte auf Haut. Meine Mutter weinte. Ich habe doch niemandem schöne Augen gemacht, niemandem, bestimmt nicht. – Doch, ich habe es gesehen. Du hast mit ihnen getanzt und sie angeschmachtet und mich vor allen lächerlich gemacht. Es klatschte wieder. Jemand riss meine Zimmertür auf, eine kurze, kräftige Gestalt, mein Vater, steh auf, kannst bei deiner schlampigen Mutter schlafen. Ich will nicht mit einer Hure im Bett liegen.

Zum Glück hatte ich Ted. Ted beschützte mich. Mein Vater rührte mich nicht an, weil er Angst vor Ted hatte. Meine Großmutter hatte mir den Bären zum vierten Geburtstag geschenkt. Ich erinnere mich, dass er in rotgoldenes Seidenpapier eingewickelt war und eine orange Schleife trug. Ted und ich mochten uns sofort. Ich nahm ihn fast überall mit hin, nur zur Schule nicht, ich wollte in der Schule nicht bemerkt werden und war froh, wenn mich keiner ansprach. Meine Hausaufgaben machte ich ordentlich, schrieb Aufsätze in sorgfältigen kleinen Buchstaben und bekam für meine schriftlichen Arbeiten gute Noten, die brauchte ich, denn im Mündlichen sah's schlecht für mich aus. Hätte ich Ted mitgenommen, hätte ich eine Aufmerksamkeit auf mich gezogen, die ich nicht wollte. Ted kann seinen Mund nicht halten. Darum muss ich ihm manchmal auf die Schnauze hauen, die dreckige Schnauze, an der Marmeladen- und Soßenreste kleben, ich haue ihm bis heute auf die Schnauze, denn er weiß nach wie vor alles besser, ein richtiger Klugscheißer, der mich absichtlich provoziert, um mir zu zeigen, wer stärker ist. Immerhin hat er mir meinen Vater vom Leib gehalten. Mein Vater versuchte sich gut zu stellen mit Ted und brachte manchmal Lindenblütenhonig mit, wenn er von der Bank nach Hause kam, Lindenblütenhonig, den mochten wir am liebsten, nicht wegen des Geschmacks – der Name klang so hübsch, so weich und licht. Ich fragte Ted, ob mein Vater meine Mutter eines Tages tot prügeln würde, aber Ted meinte nein.

Mit 16 ging ich von der Schule ab, machte eine Lehre in dem Versicherungsbüro und zog von zu Hause aus. Ich mietete in der nächstgrößeren Stadt ein möbliertes Zimmer im oberen Stock eines Einfamilienhauses, das einem älteren Ehepaar gehörte. Die beiden wohnten unten und legten mir täglich die Zeitung auf die Linoleumtreppe. Im Flur stand auf einem Häkeldeckchen das Telefon, das ich mit benutzen durfte. Das Ehepaar war freundlich, aber neugierig. Einmal sagte mir die Alte mit gekräuselten Lippen, dass ich sehr wohl Herrenbesuch empfangen dürfe und niemanden heimlich hereinlassen müsse, ja, sagte sie und kugelte die Augen, ich solle nur niemanden heimlich hereinlassen und ihm womöglich noch den Hausschlüssel geben, damit er die Treppe hoch schleiche und in meinem Zimmer auf mich warte, der könne wer weiß was anstellen. Also, sagte sie, lassen Sie Ihren Freund in Zukunft ruhig klingeln, er kann bei uns warten, so lange Sie nicht da sind. – Wen?, fragte ich. – Ihren Freund. – Ich habe keinen Freund. Sie fuchtelte mit dem Finger vor meiner Nase, nanana, ich höre Sie doch reden, Sie sagen ›Hallo Schatz‹, wenn Sie abends von der Arbeit kommen. Sie hielt Ted für meinen Geliebten. Ich hätte ihr Ted vorstellen können, aber ich hatte keine Lust, sie würde kein gutes Haar an ihm lassen, da war ich sicher. Ich gab mir Mühe, künftig leiser zu sprechen und zog drei Monate später um in das möblierte Ein-Zimmer-Appartment eines Wohnsilos.

Ich lebte dort schon eine Weile, als mich eines Tages meine Mutter anrief und mir sagte, sie habe meinen Vater verlassen für einen anderen Mann. Sie sei bei ihm eingezogen und am selben Tag klingelte bei mir noch einmal das Telefon und mein Vater war am Apparat. Er weinte und sagte, deine Mutter hat mich verlassen, ich habe das Glas unserer Haustür zertrümmert, es tut mir Leid, ich werde mich umbringen, ich will ohne sie nicht leben. Ich rief den Glaser an und fuhr zu meinem Vater. Wo ist sie hin?, fragte ich, er zuckte die Achseln, lag auf dem grün gemusterten Rippsofa und starrte vor sich hin, wenn sie nicht wiederkommt, bringe ich mich um, ich jage mir eine Kugel in den Kopf. Als meine Mutter das nächste Mal anrief, fragte ich sie, wo sie sei, zu Hause, antwortete sie, der Mann sei ein Spieler gewesen, ein Spieler und Betrüger.

Vor drei, vier Jahren bin ich in die Wohnung gegenüber der Jugendstilfassade gezogen und habe sie mit Küchenstühlen, Polstersesseln und der Eichenschrankwand meiner Eltern ausgestattet. Sollten sie mir die Möbel nicht zum Einzug geschenkt haben, müssen sie tot sein. Ich weiß nicht, wie lange das her sein könnte, ich zog mich mit Ted zurück und habe die Eltern lange nicht angerufen, ich meine, zuletzt zu meinem 30. Geburtstag, als meine Mutter meinte, es sei Zeit, dass ich mir einen Mann zum Heiraten suchte, mit 30 beginne die biologische Uhr zu ticken. Es lief nicht gut bei mir mit Männern. Der mich mit 19 auf dem geliehenen Kiefernholzbett meines Appartments entjungferte, sagte, ich sei ungelenk wie eine Bratpfanne und trocken wie ein verbranntes Steak. Den ich mit 25 über eine Kontaktanzeige kennen lernte, fand mich nicht einfallsreich genug. Mach mich scharf, raunte er und seine Bartstoppeln schrammten meine Ohrmuschelhaut entlang, alles, was ich will, ist, dass du mich scharf machst. Ich wusste nicht, wie eine Frau einen Mann scharf machte. Mir fehlte die Übung. Also musste ich es allein probieren. Ich fing an, mich vor dem Spiegel auszuziehen und mir zwischen die Beine zu fassen. Ich fühlte mich nicht. Ich schlug mit der Faust in den Spiegel und sah mich in Scherben, gefangen in einem Netz aus Scherben. Ich gefiel mir und fuhr mir mit gespreizten Fingern über Brüste, Taille, Schamhaar, Schenkel. Ted sah tagelang stoisch zu. Auf Dauer fehlte mir das Begehren in seinen blau irisierenden Augen.

Das Paar beobachtete mich durchs Fernrohr, als ich mit Ted auf dem grün gemusterten Rippsofa saß, Zeitung las und Tee trank. Ich hielt ihm einen Keks an die Schnauze und krümelte auf seinen Pullover. Ich befeuchtete die Fingerkuppe meines rechten Zeigefingers mit Speichel und tupfte die Krümel von den links und rechts gestrickten Maschen. Am nächsten Tag zur selben Zeit löffelte ich Ted Milch in die Teetasse und bemerkte wieder das Fernrohr, der Mann mit dem grauen Bürstenhaar stand hinter einem Vorhang und beglotzte uns. Ich stellte mich an mein Fenster und begann die gelbblau-karierte Bluse aufzuknöpfen. Ich zog die Kämme aus meinem seitlich zurück gesteckten Haar, das auf meine Brüste fiel, die in fleischfarbenem Stoff steckten, den ich hinten aushakte. Ich zog die Gardinen zu.

Tags darauf begab ich mich an mein Fenster, er stand wieder da mit seinem Fernrohr und ich knöpfte meinen Jeansrock auf, zog die weiße Miederhose aus, die meinen runden Bauch zusammen presste und die feinen, gebogenen Härchen darauf platt drückte. Ich offenbarte meine rot gelockte Scham. Er stand gegenüber und schaute bewegungslos.

Am dritten Tag öffnete ich die Küchenschublade und holte das gezackte Brotmesser heraus. Ich stellte mich nackt ans Fenster und fuhr mir mit der Messerspitze über Bauch, Dekolleté, Arme, bei denen die Adern pastellblau hervorschimmerten, ich malte mir weiße Linien auf die Haut, schraffierte Muster, karierte Flächen, ritzte tiefer in die Haut, dass Blut hervortrat, ich hob den Unterarm mit der Wunde, Blut tropfte in die Ellenbeuge, ich leckte es ab.

Der Vorhang gegenüber zog sich zu. Ich sah das Paar später in den Sternenwagen steigen, er schaute einmal zu meinem Fenster hoch und wedelte die Hand vor seinem Gesicht hin und her, während er mit ihr sprach und zu mir hinauf zeigte. Ich verbarg mich hinter der Gardine.

Ich hatte noch zwei, dreimal entblößt am Fenster gestanden, aber er guckte nicht mehr. Seitdem sitze ich zum Feierabend wieder mit Ted auf dem grün gemusterten Rippsofa und trinke Tee. Wir lesen Zeitung, in der sie neuerdings von der Maul- und Klauenseuche berichten. Ted und ich beschließen, fortan unseren Fleischverzehr auf Geflügel zu reduzieren, Hähnchenkeule, Entenbrust, Putengeschnetzeltes.

Michael Eric
Auswahl aus »Frösche im Regen«
Gedichte

Hans-Jörg

Vorn am alten Haupttor
treff ich Hans-Jörg.
Mit einer Hand
hält er sich am Gitter,
mit der anderen
an sich selbst fest.
Er hält Ausschau
und bei jeder
vorübergehenden Frau
denkt er,
daß es seine Mutter ist.
Warum gehst du
nach Hause?
fragt er mich.
Es ist fünf nach halb vier.
Und ich hab Feierabend

Sven

Sven wartet immer
auf irgendwen,
aber eigentlich
nur auf sich,
den kleinen Jungen,
der zum Spielplatz
weggelaufen ist,
der beim Schaukeln
so laut singt,
und der, wenn er
nach Hause kommt,
von diesem
komischen Onkel
mit Vollbart
und Buckel erzählt,
mit dem er gewippt hat.

Peters Witz

Kommt ein Kind
nach Hause, sagt:
Ich hab Hunger!
Sagt die Mutter:
Wir haben nichts
im Kühlschrank!
Sagt das Kind:
Dann müssen wir
ja einkaufen gehen!
Sagt die Mutter:
Nein, wir haben
doch alles im Keller!
Geht das Kind
in den Keller
und findet nichts.
Als es wieder
nach oben kommt,
ist die Mutter fort
und ein Zettel
liegt auf dem Tisch:
Bin einkaufen!

Mario

Mario sitzt scheinbar ungerührt
im langen Flur
und schaut immer nur
wie im Bann
auf seine Armbanduhr,
die ihn durch den Tag führt
und wartet auf ihre Zeichen,
auf die immer gleichen,
die ihm allein reichen,
um irgendwann
einfach aufzustehen,
sich umzusehen
oder woanders hinzugehen.

Elenas Bild

Sie sagt, sie sagt
uns nicht,
warum sie
die Farben
aussuchte
und auftrug,
was sie bewegte
und antrieb.
Sie dreht sich nur
auf ihrem Hocker
(zu uns)
und ihr Lächeln
verrät:
Etwas, etwas,
das ihr
niemals seht.

Lothar

Es regnet schon seit gestern.
Lothar, der denkt,
daß er ein Frosch ist,
sehe ich schon von weitem
grübelnd am Fenster.
Noch bevor ich richtig
zur Tür hinein bin,
steht er auch schon
vor mir und meint:
Gut, daß ich dich treffe,
kannst du mir eigentlich sagen,
was die Frösche im Regen machen?

Michas Spruch

Das Leben ist schön,
das ist leider so.

Franzi

Franzi spielt unter einem Baum
auf ihrer Mundharmonika.

Passanten, die stehen bleiben,
ignoriert sie.

Passanten, die vorübergehen,
schmollt sie hinterher.

Sie bittet Hunde zum Tanz
und verneigt sich vor den Vögeln.

Phillip

Am liebsten sitzt Phillip im Bett
und spricht mit seinen großen Zehen,
will als Gardeoffizier
sich einen Namen machen,
denkt daran,
eine Pommes Bude zu eröffnen.

Svens Lieblingsschallplatte

Schon im voraus, freut sich Sven
auf Herrn Fuchs und Frau Elster,
die er lautstark begrüßen,
auf jedes Wort,
das er grölend mitsprechen,
auf jeden Dialog,
den er begeistert kommentieren,
auf jeden Scherz,
den er lachend erwidern,
auf jeden Sprung in der Platte,
den er wippend laufen lassen kann.

Rebecca

Sie kann Stunden damit verbringen,
am Fenster zu sitzen und hinaus zu schauen.

(Draußen würde sie sich sofort verlaufen.)

Sie trägt einen Kittel mit Blumen,
den würde sie nie verkehrt herum anziehen.

Charlotte

Charlotte liebt es,
Geschichten vorgelesen
zu bekommen.
In unserem Stück
spielt sie einen Baum.
Sie sagt:
Zu jedem Menschen
fällt mir ein Märchen ein.

Kristin

Sie belauert die Türen
oder einen Gegenstand
oft stundenlang.

Manchmal läßt sie sich
von einer Fliege
gebannt führen
auf einen Spaziergang

vom Stuhl zum Tisch,
vom Fenster zur Wand,
vom Schrank zur Liege.

Ingrid

Ingrid ist noch immer wach
und schreibt akribisch
die Fahrpläne der Bahnen ab.
Als ich ihr das Licht anschalte,
schaut sie mürrisch,
als sei das nicht wichtig.

Herr Nack

Herr Nack
schließt gern
am hellichten Tag
die Gardinen
und zieht sich
nackt aus,
dann liegt er
mit seiner
Taschenlampe
im Bett
und läßt
den Lichtpunkt
an der Decke
seines Zimmers
nicht mehr
aus den Augen.

Thomas

Thomas hat sich versteckt.
Er rührt sich nicht vom Fleck,
bis weit in die Nacht hinein
bleibt er wie erstarrt stehen

hofft, daß ihn niemand entdeckt
in seinem vertrauten Versteck.
Er liebt es, wenn alle ihn suchen
und seinen Namen schrein

und seinen Namen verfluchen,
will nur jetzt nicht gefunden sein.
Er findet es eben einfach nett,
daß sich alle unerhört sorgen

allein um sein Wohlergehen.
Und am nächsten Morgen
liegt er schlafend in seinem Bett,
als wäre nichts geschehen.

Leo

Leo klettert auf Bäume.
Katzen suchen seine Nähe.
Er singt leise für sie.

Leo schaut gern Autos.
Auf die Ampel ist Verlaß.
Er brummt leise für sie.

Leo stellt Mädchen nach.
Die Jungen hänseln ihn bloß.
Er betet leise für sie.

Michas Wunsch

Micha läuft die Straße ab
und wartet, daß es Abend wird.
Dann schleicht er
um die parkenden Autos,
die er andächtig berührt.
Wenn man ihn fragt,
was sein größter Wunsch ist,
antwortet er, einmal
bei einem Unfall dabei zu sein.

Dieter

Bis eben noch war Dieter
kaum zu beruhigen,
hat vor Wut gebrüllt,
die Türen geschmissen,
wollte seine Sachen verkaufen
und auf die Straße ziehen.
Jetzt spielt er mit sich selbst
Mensch-Ärgere-Dich-Nicht.

Phillips Futterneid

Phillip hockt am Feldrand,
kaut auf einem Grashalm
und sieht den Kühen beim Grasen zu.
Er streichelt sich über den Bauch
und ruft: Ich bin ein Berliner.

Marion

Die Katze ist eine Sensation.
Sie schleicht schnurrend
um die Beine von Marion,
die es für einen Moment

vorzieht, sich zu zieren,
während die anderen schauen,
um sich dann doch zu trauen,
ihr nach zu applaudieren.

Peter

Seitdem das Pferd tot ist,
in das Peter verliebt war,
sitzt er die meiste Zeit
vor dem Fernseher
und beobachtet
auf dem Bildschirm
die Koppel,
auf die er seine Videokamera
gerichtet hat.
Ich werde euch beweisen,
daß es eine Verschwörung war.
Die Regierung
hat die Pferde gestürzt.

Karl

Karl schwänzt die Arbeit.
Ich finde ihn
auf der Schaukel.
Im Schwungholen
singt er:
Vom Schaukeln
geht die Welt nicht unter.

Roswita

Sie sitzt oft dicht vorm Lautsprecher
und wiegt sich im Rhythmus der Musik.

Sie mißtraut dem Fernseher,
vor dem sie sich versteckt.

Sie sitzt oft auf dem Boden
und beschimpft die Stühle.

Sie hat ein Puzzle, (dem sie traut)
das sie immer wieder zusammenlegt.

Sie sitzt oft unterm Fenster
und beobachtet das Windspiel.

Sie malt groß angelegte Bilder,
auf denen sich Farbe und Speichel mischen.

Sie sitzt oft weit von allen
und hält doch Blickkontakt.

Klara

In Klaras Zimmer hängt ein Spiegel,
in dem sie sich wiedererkennt.
Sie verfolgt genau ihr Spiegelbild,
redet mit ihm, sie streichelt und küßt es,
täglich füttert sie ihr Bild und beschützt
es vor Fremden. Klara sagt:
Ich weiß, daß ich mich gern hab.
bevor sie versucht,
in den Spiegel zu gehen.

Elenas Traum

Elena sieht Fahrstühle
durch ihr Zimmer
in den Keller fahren
und eine Stimme
ruft sie jede Nacht
ins Freie.
Bin ich erwachsen?

Frau Olympic

Frau Olympic oder wer sie auch ist,
die da erscheint in jeder Nacht,
immer öfter die Namen vergißt
und sich wie gehabt beliebt macht,

indem sie Süßigkeiten verschenkt
oder unechte Ringe und Ketten,
wohin es sie auch immer lenkt
und umhertreibt zwischen den Betten,

einem setzt sie sich ans Kopfende,
einen hat sie sicher ausgeschaut
und legt ihm beruhigend ihre Hände
auf die Stirn und flüstert vertraut.

Borgi

Im Wohnzimmer Borgi,
die Selbstgespräche führt.
In der einen Hand
hält sie ihr Kinderbild
und mit der anderen
streichelt sie sich durchs Haar.
Wünsch mir, daß ich wachse!
sagt sie, als sie mich bemerkt.
Ich flüstere:
Wachse! Wachse!
Und sie lacht.

Ariane Grundies
Götterspeise

I

Ich will Thomas Reinhard und Marie Sievert nicht auf meiner Party.

Ich habe eine Köchin aufgetrieben. Sie wohnt nebenan. Sie ist Spezialistin im Zubereiten von Götterspeise. Leider mag ich keine Götterspeise. Es ist vielleicht lächerlich, aber ich habe Angst. Ich habe schon Insekten in Götterspeisen gesehen, gefangen wie in Bernsteinen. Marie Sievert trägt solch einen Bernsteinring am rechten Daumen. Eine kleine Fliege streckt darin alle Beinchen von sich, wie ein Hund in der Sonne oder wie ein abgezogenes Wildschweinfell im Zimmer meiner Tante, die kein Blut sehen kann. Ich finde es nicht besonders geschmackvoll und auch nicht originell, einen Ring am Daumen zu tragen. Marie Sievert anscheinend schon. Marie Sievert findet alles an sich originell. Sie trägt das Haar zum Beispiel nach der 30er-Jahre-Mode, und Schuhe aus Kuhfell, und manchmal ägyptischen Halsschmuck, wie eine Pharaonin. Ich wette, es würde ihr gefallen, pinke und gelbe Götterspeise zu essen, das fände sie sicher originell, nach meiner Party zu erzählen, sie habe pinke und gelbe Götterspeise gegessen. Ich glaube, sie findet Thomas Reinhard an sich auch originell.

Wäre meine Party eine Hochzeit, gäbe es eine mehrstöckige Torte. Ich habe die Köchin nicht gefragt, ob sie mehrstöckige Torten backen kann, es gibt auch keinen Anlass. Man sollte sich wirklich nur nach Dingen erkundigen, für die es einen Anlass gibt. Ich habe mich nie danach erkundigt, ob Marie Sievert backen kann, ich habe es trotzdem erfahren irgendwann. Marie Sievert kann backen.

Ich kenne Leute, deren Wohnung ist zu groß für die Freunde, die sie haben. Wenn nur die Hälfte meiner eingeladenen Freunde kommt, dann ist die Wohnung gut gefüllt, denke ich. Wenn auch die andere Hälfte kommt, dann bin ich froh, dass vor kurzem ein

Teil der Möbel abgeholt wurde. Manchmal muss es zwei Hälften geben, damit Dinge Sinn machen.

Thomas Reinhard macht keinen Sinn, allein nicht und zu zweit erst recht nicht.

Es riecht nach flüssigem Zucker. Die Köchin steht bereits seit anderthalb Stunden am Herd, jetzt beginnt sie mit ihrem Steckenpferd, den Götterspeisen.

Sie sagt: Sie müssen entschuldigen, ich mag es nicht, wenn man sich in meine Angelegenheiten mischt.

Es ist nicht das erste Mal, dass man mir in meiner Küche sagt, dass es Dinge gibt, die nicht meine Angelegenheiten sind. Ich trete also ein paar Schritte von ihr zurück und setze mich an den Küchentisch.

Die Köchin sagt: Vielleicht lesen Sie eine Zeitung.

Ich sage: Das geht nicht, ich bin ganz furchtbar aufgeregt. Ich würde lesen und an ganz andere Sachen denken.

Statt zu fragen, an was für Sachen ich denken müsste, sagt sie: Dann trinken Sie ein Glas Sekt.

Dabei hätte ich gern gewusst, was sie von der ganzen Sache hält.

Ich hoffe Armin bringt diese Sportlerin mit, Bogen- oder Taubenschießerin ist sie, und steht kurz vor einer Medaille. Er hat versprochen, dass er sie mitbringt. Ich möchte jetzt, dass Armin einmal ein Versprechen hält. Sie gefiel mir, hatte einen ganz geraden Rücken, und kniff das linke Auge einige Male zusammen. Armin behauptete, sie hätte mir zugezwinkert, aber ich denke, jeder hat seine Ticks. Das war eindeutig ein Tick. Sie hat irgendwas zu oft gemacht, zu oft gezielt wahrscheinlich. Ich habe schon sehr oft Marie Sievert gesagt. Marie Sievert. Marie Sievert hat einen Rundrücken und ein Glasauge. Zum Glück findet Marie Sievert so was originell.

Ich gehe aus der Küche. Soll sie allein sein, mit ihrer Götterspeise. Ich setze mich aufs Kanapee aus Birnenholz und rufe Armin an. Ich schlage die Beine übereinander und sage mit tiefer Stimme: Vergiss mir die Sportlerin nicht!

Dann lach ich heiser. Armin fragt, ob es mir gut geht.

Und ich sag: Armin, hör doch mal auf damit.

Neuerdings nützt alles Lachen nichts, kein Witz, um Armin bei Laune zu halten.

Dann fragt Armin: Wieviel Zeit hab ich noch?

Ich schau auf meine Uhr. Zweieinhalb Stunden.
Was ist mit der Götterspeise?, fragt Armin.
Was soll damit sein?, frag ich. Die Köchin ist schon dabei.
Gut, sagt Armin, ich ess nämlich gern Götterspeise.
Dürfen Sportler so was auch, frag ich.
Armin bestätigt: Ja, ja, ich habe schon verstanden.
Endlich lacht er.
Ciao.
Ich nehme mir eins der umgedrehten Gläser vom Teewagen und gieße mir einen Sekt ein. Der Sekt ist billig, ich werde Kopfschmerzen bekommen.

Die Fenster sind geöffnet. Der Wind weht herein, wie in U-Bahnschächten, wenn eine Bahn einfährt. Ich habe fast keine Lust mehr, dass hier überhaupt noch jemand einfährt.

Thomas Reinhard fährt einen Saab, ein ausgesprochen originelles Auto.

Die Köchin ruft. Sie braucht Streichhölzer, ihr Feuerzeug ist alle. Ich gebe ihr welche. Sie sagt, sie müsse sich beim Herrichten der Götterspeise so sehr konzentrieren, dass sie rauchen will. Ich sag: Gut, dann rauchen wir eine. Und sie antwortet, dass sie lieber allein ist mit ihrer Götterspeise. Also geh ich zurück und trink noch ein Glas Sekt. Das Päckchen Streichhölzer ist aus Babylon. Ich war noch nie in Babylon. Ich trink noch ein Glas.

II

Die Sportlerin hat sich verletzt, sagt Armin.

Kann man nichts machen. Ist gut so. Ganz im Ernst, ich glaube Ticks sind ansteckend. Ich will mit Armin darüber diskutieren, ob Ticks ansteckend sind, aber Armin ist weg, sicher in der Küche bei den Götterspeisen, und anschließend ist er dann im Schlafzimmer mit der Köchin. Dafür ist sie nämlich engagiert, aber das weiß sie noch nicht.

Ich bleibe bei Sekt. Es sind viele gekommen. Einige davon klopfen mir auf die Schulter oder drücken mich länger als sonst oder stellen mir ihre Cousinen oder Schwestern vor.

Ich will keine Cousinen oder Schwestern kennenlernen, wie meine Freunde denken mögen. Ich mach gerne mal eine Party, einfach so, oder für Armin, das wird doch erlaubt sein.

Das soll meine Auszugsparty sein. Ich will weg. Jetzt gerade. Marie Sievert und Thomas Reinhard stehen in der Tür. Die Köchin öffnete so selbstverständlich, wie sie ihre Angelegenheiten in meiner Küche geregelt hatte. Armin kommt, hält ein Schälchen mit grüner Götterspeise in der Hand, sagt:
Was woll'n die denn hier, unverschämt.
Ich sag: Ach, wieso denn? Ist doch nett.
Schmeckt gut, findet Armin.
Ich geh auf die beiden zu. Ich gebe ihm die Hand. Ich gebe ihr einen Kuss, auf die Wange. Ich kann mich nicht daran erinnern, wann ich Marie Sievert das letzte Mal auf die Wange geküsst habe. Vielleicht habe ich Marie Sievert noch nie auf die Wange geküsst. Heute trägt sie zwei Ohrclips aus Bernstein mit gefangenen Insekten.
Meine Köchin macht die beste Götterspeise, sag ich, und verweise auf die Küche. Ich hol mir einen Sekt. Marie Sievert. Marie Sievert. Der Name ist genauso kohlensäurehaltig wie das Gesöff. Ich muss rülpsen.
Unten, vor dem Fenster, steht der Saab. Sehr originell, Thomas Reinhard. Marie Sievert hat sich für pinke Götterspeise entschieden. Ich hab's gewusst. Thomas Reinhard isst einen Hähnchenflügel. Hab ich auch gewusst. Thomas Reinhard, mit fettverschmierten Mundwinkeln in meiner Wohnung. So enden solche Geschichten.
Eine Cousine fragt mich, ob ich Nick Cave kenne. Marie Sievert ist da, Madame, würdest du mich bitte mal in Ruhe lassen.
Klar, sag ich, und lächle charmant.
Armin fragt: Sind die überhaupt eingeladen?
Klar, sag ich, und lächle charmant.
Vielleicht kommt man das ganze Leben damit durch.
Wie kann man so blöd sein?, fragt Armin. So was tut man sich doch nicht an. Warum bitte schön lädst du die denn ein. Kannst du mir das sagen?
Hol mir mal 'n Sekt, Armin!
Marie Sievert steht auf dem roten Wollteppich. Sie unterhält sich mit Tatjana und Frederike. Dabei isst sie Götterspeise. Die Götterspeise färbt die Zunge. Die Götterspeise färbt die Zunge von Marie Sievert.
Thomas Reinhard weiß nicht wohin. Sicher würde er jetzt gern mit ihr in seinem originellen Saab sitzen, und rumfahren. Er weiß nämlich gar nicht, was man mit Marie Sievert anfängt. Er steht

am Bücherregal, hält den Kopf schief, als lese er die Titel, dabei schielt er zu mir. Ich hebe die Hand. Armin hält mir ein Glas Sekt hin. Lautes Lachen, jemand muss einen verdammt guten Witz gemacht haben. Ich kann diese ganze Götterspeise nicht mehr sehen. Mir wird schlecht.

Armin, sag ich, kannst du mir einmal einen wirklich wichtigen Gefallen tun?

Er nickt, die Arme siegessicher in die Hüften gestemmt.

Bring mir Marie Sievert ins Schlafzimmer.

Ich gehe ab.

III

Legst du dich zu mir?, frag ich.

Sie schüttelt den Kopf.

Marie Sievert hat Recht. Unser Bett ist voller Holzwürmer. Man muss Angst haben, dass es zusammenbricht, wenn man sich reinlegt. Früher haben wir hier mal gut geschlafen. Jetzt schlafe ich schlecht.

Es macht dir was aus, sagt sie.

Nein, sag ich.

Ich muss lachen.

Es ist witzig, Marie.

Was?

Deine Bernsteinclips, erinnern mich an die Götterspeise.

Marie Sievert ist still. Ich spür den Sekt meine Speiseröhre hinaufsteigen.

Seltsamer Weise, denn ich mag gar keine Götterspeise.

Marie Sievert fragt: Soll ich uns eine Flasche Sekt holen?

Ich glaube ich seh aus, als wär's mir egal. Als sie zur Tür raus ist, kotz ich in den Hinterhof, geräuschlos.

Marie Sievert kommt wieder. Sie setzt sich aufs Bett.

Wir besaufen uns still.

Vor dem letzten Schluck, den ich ihr überlasse, sagt sie: Thomas' Bauchnabel wölbt sich nach außen.

Thomas Reinhards Bauchnabel wölbt sich nach außen, wiederhole ich.

Wir lachen. Der Magen drückt den Sekt hoch. Sie lässt sich aufs Bett fallen.

Originell, sag ich mit gespitztem Mund, und wir lachen lauter.

Ich hatte 'ne Fliege in der Götterspeise, sagt Marie, und wir lachen uns kaputt. Ich liege auf dem Bett, ausgestreckt, wie das Insekt in ihren Ohrclips.

Mascha Kurtz
Arkansas

An der Maschine vergesse ich die Zeit. Ich nehme die Waffeln aus den Kartons und schiebe sie in die Maschine. Drehe mich um, nehme neue Waffeln, einen ganzen Stapel, schiebe ihn rein, drehe mich. Der Geruch der Schokolade schraubt sich durch meine Nase bis in den Magen. Ich atme in meinen Kittel und rieche mein eigenes Parfum. Die Schokolade fließt durch die Rohre an der Decke. Es ist warm. Die Maschinen rattern und ich denke an nichts. Den ganzen Tag laufen die Maschinen und die halbe Nacht. Das Licht in der Halle geht nie aus. Ich füttere die Maschine. Manchmal glaube ich, ich bin gar nicht da, nur mein Körper ist da und dreht sich hin und her.

Die Maschine macht den Rest. Schneidet Stücke von der Goldfolie ab, legt die Waffel in die Form, Schokolade drauf, obere Waffel, einpacken, raus. Die fertigen Waffeln fallen auf das Förderband. Am Ende stehen Ria und Ivana und packen sie in Kartons. Den Ausschuss werfen sie in eine Plastiktonne. Ria fasst alle zwei Minuten rein und schiebt sich eine Waffel in den Mund. Sie ist die Einzige, der davon nicht schlecht wird.

Der Waffelstaub hängt überall, er setzt sich in die Haare und in die Ohrmuscheln. Er knirscht unter den Füßen. Abends schüttle ich ihn aus meinen Kleidern. Louis flucht, weil die ganze Wohnung voll ist davon.

Manchmal treffe ich Heike am Waffeltisch. Sie hat die Maschine gegenüber. »Deine Wimperntusche ist verschmiert«, sage ich.

»Scheiss-Kontaktlinsen!« Sie wischt sich mit dem Ärmel über die Augen.

Heike kaut Kaugummi und hat Lippenstift auf den Vorderzähnen. Sie zupft ihren Pony unter dem Haarnetz hervor und toupiert ihn mit den Fingern. Die Schichtführerin mault sie an.

»Dann sollen sie mich halt feuern«, sagt Heike. »Ich hab's bald nicht mehr nötig zu arbeiten.«

Sie schiebt den Kaugummi zwischen den Zähnen vor und zurück.

Ich sehe nicht auf die Uhr, bis die Sirene heult.
In der Kantine sitzen wir um Heike herum. Sie drückt die Zigarette aus und zieht ihren Kajalstrich nach. Von da, wo die Mechaniker sitzen, kommt ein Pfiff.
»Hör mir auf mit den Typen!« sagt Heike. »Lädt so'n Kerl mich gestern auf ein paar Bier ein und denkt, er kriegt Übernachtungsrecht!«
»Der gibt doch sein Geld nicht umsonst aus, Schätzchen!« Wir lachen.
»Hat den ganzen Abend mit der Kohle nur so um sich geschmissen. Der Laden macht um zwei zu, er ruft'n Taxi, steigt hinten bei mir ein und fragt, wo es hingeh'n soll. Ich sag, da vorne rechts, und als wir um die Ecke sind, sag ich: Hör mal, Süßer, ich hab keine Zigaretten mehr! Wir halten also, er steigt aus, um 'ne Schachtel Marlboro zu ziehen. Und was mach ich?«
Sie schraubt die Wimperntusche zu.
»Was?« fragen wir.
»Ich knall die Tür zu und sag dem Fahrer, er soll auf die Tube drücken! Im Rückfenster hab ich den Kerl noch da stehen seh'n; sah der belämmert aus!«
Wir lachen, die Mechaniker sehen zu uns rüber.
»Wie war's gestern in der Kupferpfanne?«, ruft einer von ihnen. Dann geht die Sirene los, wir stehen auf und binden uns die Haarnetze um. Auf dem Weg in die Halle legt Heike mir den Arm rum.
»Was bist'n so still heute?«
Ich sage, dass mir irgendwie schlecht ist.
»Bist du schwanger, oder was?«
Sie ist die Erste, die es erfährt.

»Bloody fucking shit!« Louis läuft vor dem Sofa hin und her.
Ich sage, das kriegen wir schon hin.
»And fucking how?«, sagt Louis. Ich weiß keine Antwort. Louis geht in die Küche und kommt mit einem Bier wieder. Ich sitze auf dem Sofa. Ich versuche, darüber nachzudenken, was als Nächstes kommt, aber ich starre auf eine graue Wand. Louis setzt sich neben mich. Er stützt die Arme auf die Knie und den Kopf in die Hände.
Ich frage, ob er sich freut.
Er nimmt meine Hand.

»Baby«, sagt er. »You can have as many kids as you want. Later.«
»Was soll das heißen?«, frage ich.
»It's your decision«, sagt Louis. Er macht die Wohnungstür ganz leise zu.
Später gehe ich ins Bett. Etwas kreiselt in meinem Bauch. Dabei kann noch gar nicht sein, dass ich es spüre.
Louis kommt spät. Ich lasse die Augen zu. Er drückt sich an mich. Sein Arm rutscht über meine Hüfte, seine Hand umfasst meinen Bauch.
»Hey, honey«, flüstert er. Seine Lippen streifen mein Ohr.
Ich schiebe die Hand weg und drehe mich auf den Rücken. In der Dunkelheit gibt es einen Rest von Licht. Ich erkenne Louis' Umrisse über mir.
»Things will get better in Arkansas«, sagt er.
Ich stelle mir vor, wie es wird. Ich stelle mir Berge vor, auf denen Schnee liegt, Wälder mit Bäumen bis in den Himmel, Wasserfälle. Maisfelder bis zum Horizont, und an den Straßen Shopping-Malls. Wir haben einen Pickup, und Louis hat mir versprochen, dass von der Garage eine Tür direkt in die Küche führt.

Um halb sechs am Morgen ist der Bus fast leer. Heike neben mir hibbelt auf dem Sitz rum und redet über ihren neuen Kerl, der Mercedes fährt und mit ihr auf einen Ball gehen will. Ihr Mund klappt auf, ihre Lippen verformen sich wie Knetmasse.
»Der weiß, was er an mir hat. Der bietet mir was, nicht so wie die andern Schwachköpfe.«
»Du kennst den doch gar nicht richtig«, sage ich.
»Der ist anders, nicht so einer, der nur rumhängt und säuft.«
»Dann ist ja gut.«
Heike sagt, ich werd' schon sehen.
Dann erinnert sie sich.
»Du Süße! Weiß es die Jenny schon? Die wird sich freuen über so'n braunes Dingelchen zum Spielen!«
Ich frage, ob sie einen Arzt weiß.

Am Wochenende fahren wir raus zu meiner Mutter. Jenny hat Angst vor Louis. Sie klammert sich an meine Mutter und drückt das Gesicht in ihren Bauch.

Ich gehe in die Hocke und halte ihr das Päckchen hin. Eine Barbie diesmal. Ich bringe ihr jeden Monat etwas mit.

»Hallo Schnecke«, sage ich.

Meine Mutter gibt Jenny einen leichten Schubs.

»Schon okay.« Ich lege die Schachtel auf den Couchtisch und packe den Kuchen aus. Louis setzt sich neben mich. Sein Arm greift mir um die Schultern.

»Have you told Mum about our plans?«

»Mum, das hab ich verstanden!« Sie lacht. Ich tue ihr ein Stück Kuchen auf.

»Louis will in die Staaten zurück«, sage ich. »Ein Kumpel aus der Army hat da eine Autowerkstatt aufgemacht.«

»Wird auch Zeit, dass er was ranschafft. Und die Jenny?«

»Wir dachten, sie kann bei dir bleiben.«

Meine Mutter schenkt den Kaffee ein.

»Das Problem ist nur, dass ich wieder schwanger bin.«

»Von wem denn diesmal?«, sagt meine Mutter.

Ich sage nichts dazu, sonst streiten wir uns und sie sagt nein.

»Die Jenny würde sich vielleicht freuen, wenn sie jemanden zum Spielen hätte.«

»Kommt nicht in Frage«, sagt meine Mutter. »Ein Kind macht Arbeit genug.«

»Wenn du es nicht nimmst, muss ich's wegmachen.«

»Das hättest du dir vorher überlegen müssen.« Sie sieht mich nicht an.

Louis nimmt meine Hand.

»Believe me, honey, it will be better for the whole family.«

Ich glaube ihm.

Sie sind freundlich in der Beratungsstelle. Sie bieten mir Tee an. Es dauert nicht lange, ich komme rechtzeitig zur Schicht. Heike ist noch nicht da. Ich stehe an der Maschine und mache alles wie immer. Nichts ist anders, und übermorgen werde ich wieder hier stehen und es wird immer noch nichts anders sein. Nur ich.

»Weiß jemand, wo Heike steckt?«, fragt die Schichtführerin.

»Die ist mit ihrem reichen Stecher ab nach Ibiza!« Ria fährt mit der flachen Hand durch die Luft und brummt wie ein Flugzeug. Dem Rücken der Schichtführerin streckt sie die Zunge raus.

Der Termin ist Freitag. Louis weiß von nichts. Ich fahre wie immer mit dem Halb-Sechs-Bus. Heike ist nicht da. Ich stopfe Waffeln in die Maschine, so schnell es geht, als ginge dann auch die Zeit schneller rum. Einmal rutscht mir ein Stapel aus der Hand, die Waffeln prasseln auf den Boden und zerbrechen unter meinen Füßen.

Heike kommt nicht. Dabei hat sie versprochen, mich nicht alleine gehen zu lassen. »Die sind super«, hat sie gesagt. »Hinterher stehst du auf und wackelst nach Hause, als wär nichts.«

In der Frühstückspause stehe ich am Münztelefon im Flur.

»Heike, geh ran«, sage ich. »Hier ist Moni.« Ich wähle so lange, bis die Sirene heult. Dann stehe ich wieder im Licht, im Lärm, die Maschinen sind so laut, ich kann Rias Fresserei nicht mehr ertragen. Ich weiß nicht, ob ich will, dass die Zeit schneller läuft oder stehenbleibt. Um Zwei ziehe ich meine Karte durch die Stechuhr. Als ich im Umkleideraum den Kittel weghänge und meine Tasche rausnehme, kommt es mir vor, als wäre es zum letzten Mal.

Die Fahrt ist lang. Aber als ich ankomme, habe ich noch Zeit. Ich gehe in die Telefonzelle vor dem Tor und spreche Heike aufs Band.

»Ich find's so scheiße, dass du mich hängenlässt«, sage ich.

Ich lege auf. Das Gefühl des Hörers in meiner Hand ist sehr klar. Die Bäume am Straßenrand haben Umrisslinien, als hätte jemand sie aus der Welt herausgeschnitten. Ich kann einen Vogel in den Zweigen rascheln hören, und das Rattern eines Kinderwagens, der um die Ecke geschoben wird. Meine Schritte knirschen auf dem Kies, das Tor kommt auf mich zu. Ich gehe rein.

Ich komme nach Hause. Louis liegt vor dem Fernseher. Der Ton ist zu laut. Im Wohnzimmer hängt verbrauchte Luft. Louis' rechte Hand ruht auf seinem Oberschenkel und hält die Fernbedienung. Manchmal drückt er einen Knopf und die Figuren auf dem Bildschirm wechseln. Ich öffne die Fenster.

Louis dreht halb den Kopf und fragt: »How was your day, honey?«

Er sieht wieder auf den Bildschirm. Ich sage, dass ich einkaufen gehe.

»Don't forget the cornflakes«, sagt Louis und drückt einen Knopf.

Draußen bläst mir der Wind ins Gesicht. Ich kneife die Augen zu. Vor dem Supermarkt hocken zwei Penner. Einer springt auf, um mir die Tür zu öffnen. Drin ist es wie im Schwimmbad. Ich schwimme durch Neonlicht, vorbei an gelben Kacheln. Kalte Luft strömt aus dem Kühlregal in mein Gesicht. Ich muss nichts einkaufen, der Kühlschrank ist voll. Trotzdem packe ich alles in den Wagen, was ich im Vorbeigehen erwische. Die Cornflakes lasse ich stehen.

Ich schiebe den Wagen zur Kasse. Ich weiß, dass ich mir das nur einbilde, aber ich spüre, wie es sich rührt, in mir um sich selbst kreiselt in seiner roten Dunkelheit. Vielleicht tritt es doch schon, es tut fast weh. Der Wagen rattert über die Fliesen. Ich schiebe an den Windeln und der Babynahrung vorbei, und plötzlich läuft eine Schwäche von meinen Schultern bis in meine Fingerspitzen. Meine Arme fallen herunter. Ich lehne mich gegen ein Regal. Ich habe alles richtig gemacht.

Ich sehe Louis beim Essen zu. Er dreht den Kopf etwas zur Seite, damit er den Fernseher beobachten kann.
»Und wenn wir es behalten?«, sage ich.
»Don't be stupid, honey.« Er schiebt Speck auf seine Gabel.
In Arkansas wird er sich für alles revanchieren, dann muss ich keinen Finger mehr rühren, sagt er, außer zum Nägellackieren. Wenn ich will, kann ich meinen eigenen Kosmetiksalon eröffnen und Bälger haben soviel ich will.
Sein Lächeln erwärmt mich noch immer. Ich lächle zurück.
Später, nachdem wir uns ineinander verschlungen haben, liegen wir auf dem Bett. Ich ziehe ein Laken über meinen Bauch und rolle mich zusammen. Louis beugt sich über mich und küsst meinen Hals.
»Honey, in Arkansas everything will be alright.«
»Wann gehen wir?«, frage ich.
»Soon, baby, very soon.«

Am Montag komme ich zu spät. Keiner sagt was. Alle sehen mich an. Ich binde mein Kopftuch fest.
»Hab ich zwei Nasen im Gesicht, oder was?« frage ich.
Ich soll mich hinsetzen, sagt Ria. Es ist was Schlimmes passiert.
Während sie mir sagt, was passiert ist, scheint es mir so, als hätte ich ihre Worte einen Sekundenbruchteil vorher schon mal gehört.
Heike ist tot. Alle stehen um mich herum. Die Maschinen lau-

fen ins Leere. Im Königswäldchen. Die Neonröhren sind zu hell. Erstochen. Alles wird langsamer. In einem Gebüsch. Das Licht blendet. Spaziergänger mit Hund. Es ist kalt hier drin.

Die Schichtführerin sprengt den Kreis, den sie um mich gebildet haben.

»Das Leben geht weiter«, sagt sie. »An die Arbeit!«

Wir treten an die Maschinen. Ich schiebe Waffeln in den Schacht. Umdrehen, Waffeln nehmen, nachschieben. Die Maschinen rattern. Ich denke an nichts.

Milena Oda
Auf Schritt und Tritt

Jean Paul macht in meiner Wohnung immer mehr Schritte als ich. Er hat kürzere Beine als ich, etwa zehn Zentimeter kürzer als ich. Mein Schritt ist etwa 80 cm lang. Ich zähle Jean Pauls Schritte, die er in meiner Wohnung macht. Er kann weniger Schritte machen, als er macht, aber seine Schritte richten sich nach keinem Schrittsystem wie meine. Meine Schritte entsprechen einem System. Kann ich einem fünfzigjährigen Mann erklären, wie er gehen soll? Mein innerster Wunsch ist, ihm mein Schrittsystem beizubringen.

Das Zimmer (die Bibliothek), wo Jean Paul arbeitet, ist 17 qm groß. Meine ganze Wohnung (mein Arbeitsatelier) ist 45 qm groß. Ich habe Angst vor großen Zimmern, wo man viele Schritte machen muss.

Von meinem Tisch in meinem Arbeitszimmer in die Küche macht Jean Paul 25 Schritte! Dagegen ich nur 17! Ich weiß: Jean hat kürzere Beine. Aber auch mit kürzeren Beinen könnte er nur 20 Schritte und nicht 25 machen. Das habe ich proportional und logisch ausgerechnet. Alle Entfernungen, die ich in meiner Wohnung gehen muss, habe ich ausgerechnet.

Wenn Jean Paul 10 mal von meinem Tisch in die Küche geht, kann er 80 Schritte am Tag sparen. Jean Paul ist jedoch kein sparsamer Mensch. Ich will nicht bedenken, wieviel unnötige Schritte er zu Hause macht! Natürlich sage ich es ihm nicht, er regt sich gleich auf. Jean macht um die 8 Schritte mehr als ich, wenn er von meinem Tisch in die Küche geht! Wenn er von seinem Arbeitstisch in die Küche geht, macht er 27 Schritte und ich 22. Zu seinem Glück geht er nicht so oft von meinem Tisch in die Küche wie ich, obwohl er dort auch ziemlich oft geht. Dagegen geht er oft von seinem Arbeitstisch in meiner Wohnung auf die Toilette, wo er bei jeder Strecke hin und zurück 7 Schritte sparen könnte. Was kann für einen Wissenschaftler das Schlimmste sein? Wenn sich seine Forschungsergebnisse nicht ändern. Mit der Zeit wird Jean Paul sicher nicht mehr mein Forschungsobjekt. Wie kann ich Jean Paul als Vorbild für meine Forschung haben, wenn er so nachlässig ist. Er ist ein Ignorant. Er ist ein zerstreuter Ignorant, aber mein guter Freund. Viele von seinen Schritten sind unnötig und überflüssig. Jean Paul macht mir den Kopf voll! Oft greife ich mir an den Kopf und hege gegen ihn einen Groll. Ich lasse ihn meinen Zorn fühlen. Aber Jean Paul ignoriert meinen Zorn. Er lässt sich nicht aus seiner beschaulichen Ruhe bringen. Ich wollte einen anderen Sekretär (Jean Paul ist mein Sekretär) und ein neues Forschungsobjekt, aber keiner war so intelligent und schlau wie Jean. Manche waren weder schlau noch haben sie mehr Schritte von meinem Arbeitstisch bis zur Küche gemacht als Jean (oder von Jean Pauls Arbeitstisch bis auf die Toilette). Manche waren nicht intelligent, dagegen haben sie weniger Schritte (beinahe so viel wie ich!) gemacht als Jean Paul. Ich spekulierte über meine Sekretäre, welche die unterschiedlichen Qualitäten besaßen. Ist es eine Priorität einen Sekretär zu haben, der wenig Schritte macht, aber auch weniger intelligent ist oder einen höchst intelligenten Sekretär (wie Jean Paul ist), der unglücklicherweise so viele unnötige Schritte macht? Ich blieb bei Jean Paul. Immerhin weiß jeder richtige Wissenschaftler, dass zu der Forschung immer ein widerspruchsvolles Forschungsobjekt gehört. Durch die Unvergleichbarkeit der Forschungsvisionen und schließlich der Ergebnisse und Erkenntnisse kann ich die Ursache des Widerspruchs bei den ungenauen (nachlässigen) und genauen (präzisen) Schritten, die als ein wissenschaftliches Phänomen erwiesen wurden, beschreiben. Die Abgrenzung der verschiedenen Wissenschaften voneinander beruht gerade auf den besonderen Widersprüchen, die ihren Forschungsobjekten innewohnen. Daher bildet ein bestimmter Widerspruch, der nur einer bestimmten Erscheinung eigentümlich ist, das Forschungsobjekt einer bestimmten Wissenschaft.

Von seinem eigenen Arbeitszimmer (und meiner Bibliothek) geht Jean ins Badezimmer 16 Schritte und ich nur 12! Wieder erspare ich 4 Schritte. Der arme Jean Paul! Wenn er nur gewusst hätte, wie viel Zeit er nur bei so überflüssigen Schritten vergeudet. Er vergeudet aber auch meine Zeit! Seit zehn Jahren, seitdem ich drei schwerwiegende Angina Pectoris hatte, muss ich tagtäglich seiner Nachlässigkeit zuschauen. Seitdem ich nicht mehr fähig bin meine Geschäfte allein zu führen, ist er mein Sekretär. Ich habe mir als Partner ein Genie gesucht. Jean Paul ist ein Genie. (Ein Genie muss sich doch nur mit Genies treffen.) Damals hieß er gar nicht Jean Paul. Sein Genius, sein Aussehen und sein Humor erinnerte mich gleich, als ich ihn sah, an Jean Paul. Jean Paul ist für mich ein verkörperter Genius. Er hat sich mir vorgestellt, aber ich habe seinen Namen immer falsch ausgesprochen. Ich habe ihm gesagt, dass ich nicht das Gefühl loswerden kann, in ihm Jean Paul zu sehen, dass ich ihn seit Anfang immer nur als verkörperten Jean Paul sehe, dass ich ihm alle Eigenschaften samt der Phantasie von Jean Paul zurechne, dass er genauso klein und bucklig wie Jean Paul aussehe usw. Er kannte zwar Jean Paul nicht, aber ich habe ihm diesen so angenähert, dass er glücklich war, wie Jean Paul ausgesehen zu haben. Seitdem nenne ich ihn Jean Paul. Er hat sich mit der Zeit mit dem Schriftsteller Jean Paul vollkommen identifiziert und tritt immer nur als Jean Paul auf). Mein Jean Paul, mein bester Freund. Wir haben uns während den zehn Jahren ganz und gar an uns gewöhnt. Wir passen nach zehnjährigem Intermezzo zusammen.

Anstatt so viele unnötige Schritte könnte Jean Paul drei Seiten von meinem Foliant jeden Tag lesen. Anstatt so viele unnötige Schritte könnte er mindestens drei Briefe geschrieben haben. Wenn sein Schritt 10 bis 20 Zentimeter (das ist gerade die Ungenauigkeit, die ich bei Jean Paul zu leiden habe. Wie schmerzlich!) kürzer ist, so macht er in meiner Wohnung um 34% Schritte mehr als ich, d.h. er macht 145 Schritte mehr als ich auf denselben Strecken meiner Wohnung. Wie widersprüchlich ist unsere Beziehung! Gestern hat er überdies 3 mal 25 Schritte und 1 mal 23 Schritte gemacht zu demselben Zielpunkt. Es ist auch fraglich: warum macht er zweimal 25 und einmal 23? Macht er das absichtlich? Kann ich ihn überhaupt so etwas fragen, wenn ich sehe, dass er keine Rücksicht auf seine Ausdauer beim Gehen nimmt und geht mit so vielen Schritten, wie er will. Er ist nicht Herr seiner Schritte. Im Gegenteil zu mir! Ich respektiere seine Persönlichkeit und zwinge ihn nicht jede meine Vorstellung zu erfüllen. Erkrankungen meiner Seele. Aber es ist so schmerzlich für mich! Für mich sind so viele Sachen schmerzlich, dass ich mich in meinen Äußerungen beherrschen muss. Ich hatte es aber schon mal auf der Zungenspitze, ich wollte ihm gleich sagen, als er den 23. Schritt machte, wo ich erst den 14. Schritt mache, Jean mach weniger Schritte! Man muss nicht so sehr die Muskulatur anstrengen! Jean! Mein lieber Jean! Aber ich habe mich bis jetzt beherrscht. Einmal werde ich ihm diese für mich seit zehn Jahren quälende Frage vorlegen. Ich frage ihn gleich in meiner Wohnung, an Ort und Stelle mit Argumenten. Oder ich schreibe ihm einen freundlichen Brief (er wird sich wundern, warum ich ihm schreibe, wenn wir uns tagtäglich sehen. Darin kann er aber meine Qual erkennen!). Warum machst du, Jean, von meinem Arbeitstisch in die Küche 25 Schritte anstatt 20? Warum machst du von deinem Arbeitstisch zu meinem Arbeitstisch 15 Schritte, anstatt dass du sie sparst und nur 9 schöne, runde Schritte machen könntest? Warum gehst du mit kurzen 26 Schritten auf die Toilette. Spare deine Zeit und Schaffenskraft! Das wäre mein Brief oder meine direkten Worte an Jean. Seit zehn Jahren schweige ich. Ich bedenke immer, dass er kürzere Beine hat und deshalb muss er mehrere Schritte machen. Aber nicht so viel, wie er immer macht! Jean macht zu viel Schritte! schreit meine wissenschaftliche Verantwortung in die dunkle Nacht und kriecht in meine Träume hinein und findet keine Resonanz ... Warum er mal 25 und mal 23 macht, ist für mich fraglich. Wie kann ein Mensch zu sich so rücksichtslos sein? Für mich ist es so schmerzlich zuzuschauen, wie jemand zu viele Schritte macht, wo er weniger (manchmal auch viel weniger!) machen könnte.

Jean kam auch ein paar Mal mit seiner Frau! Natürlich kann ich nicht (als das männliche Geschlecht) die Zahl der weiblichen Schritte beurteilen, da ich nur von meiner eigenen Erfahrung ausgehe. Immer! Alle meine Theorien und Ergebnisse liegen meiner eigenen Erfahrungen zugrunde. Ich muss nicht sehr an weiblichen Schritten geschult sein, um zu sehen, dass seine Frau zu viel kleine und ganz unnormale (gezierte und affektierte) Schritte macht. Ich zähle drei mal mehr Schritte bei ihr als bei uns – beiden! Ich musste Jean deutlich sagen, dass die Schritte seiner Frau mein ganzes Schrittsystem verletzen und Zahlensystem zerstören und es sei für mich besser (weil ich dann ruhiger und ausgeglichener bin), wenn er sie nicht mehr zu mir mitnehme. Ich habe nicht die Absicht mich mit den weiblichen Schritten zu beschäftigen!!

Vielleicht fällt es ihm mal von allein auf, auch nach zehn Jahren, wenn er mich sieht (er weiß das doch), wie wenig Schritte ich mache, dass er auch seine eigenen Schritte sparen könnte. Darauf muss ich tagtäglich hoffen. Ich hoffe. Rationales Denken ist notwendig, Jean!, betone ich ihm oft. Vielleicht bin ich undeutlich, er weiß vielleicht nicht, was ich mit dem »rationalen Denken« meine ... Bloß nicht Empfindsamkeit! Wir werden darüber natürlich mal miteinander sprechen. Zehn Jahre Schweigsamkeit! Ich will nicht, dass Jean Paul so viele Schritte am Tag macht, er fühlt sich müde, er ist von den so vielen unwichtigen Schritten überfordert, belastet. Ich fragte ihn auch, ob er sich müde fühle, und er antwortete – Ja! Also ich habe Recht, er ist müde von so vielen unwichtigen Schritten! Aber ich auch! Immer wenn ich die unwichtigen Schritte sehe und zähle, macht es mich müde, traurig, schwermütig. Ich sollte meine Behauptungen durch Beweise stützen, aber mein Schrittsystem ist noch nicht so weit. Ich muss die Bereiche der Medizin, der Psychologie und der Mathematik einbeziehen.

Hier tritt die Hauptdifferenz hervor, welche mich von den anderen Forschern trennt, nämlich der mehr mathematisch-psychologische Charakter des ganzen Schrittsystems, der allen meinen Ansichten aufgedrückt ist, und an dem ich mit Ängstlichkeit, als auf einer Stütze für meine Schwäche und einer Gewährleistung für meine Induktionen, festhalte. Es gibt nichts Ernsteres und nichts Heiteres von mir!

Meine Frage ist, inwieweit beeinflusst die Zahl der Schritte die Psyche des Menschen? Die beiden bisher sich feindlich gegenüberstehenden Sphären der Wissenschaft, die Psychologie und die Mathematik, versöhne ich – endlich, ein bewunderndes Gefühl von Vernunft und Leben zugleich, eine erhabene Poesie über die ganze Wissenschaft, verbreitet sich in meinem Bewusstsein, und überall gegenwärtige Zahlen, dem ganzen System als Prinzip dienend. Dieses System ist das Wahre. Nicht einzelne Axiome leuchten mir ein, sondern ein System, ein Schrittsystem, worin sich Folgen und Prämissen gegenseitig stützen. Denn es ist der vollständigste Ausdruck der gesamten Wirklichkeit, in der wir als Gehende und Stehende (Beobachter) mit dieser realen Existenz wirken. Fortwährend sind wir Beobachter. Aus dieser Folgerung und ihrem gemeinsamen Prinzip, wie: »alle sind Beobachter und alle wollen die anderen beim Gehen beobachten«, »wir alle freuen uns über unsere schönen knappen Schritte, wir freuen uns über deren Zahl, die uns zu dieser Beobachtung bringt« und so weiter, erklärt sich das hohe Gewicht auf die Psychologie der Schritte und die Mathematik. Diese absolute Intensität meines Bewusstseins manifestiert sich in den neuen Erfindungen der Systeme für die reduzierten Schritte.

Aber das weiß alles Jean Paul, wir arbeiten Schritt für Schritt daran. Er kennt jeden Schritt, den ich in meiner Wissenschaft, in meinem Denk- und Schrittsystem mache! Er kennt jeden meiner ersparten Schritte, nur tut er, als ob er es nicht wüsste.

Ich! Ich werde von den Schritten angezogen. Mein Blick richtet sich gleich auf die Schritte. Ich sehe Schritte, ich sehe ihre Zahl. Ich mache Vergleiche. Ihre Schritte, seine Schritte, meine Schritte. Mein ganzes Schrittsystem gehört zu meinem Denksystem ...

Ein Präludium. Man denkt an die Praxis der Mathematik. Die stetige Arbeit, stetige Beobachtungen.

Die unreflektierte Praxis der Mathematik trägt zur Bedeutung formaler Theorie bei. Ich reflektiere die Mathematik tagtäglich in meinen Theorien.

Die maximale Zahl meiner Schritte war in dem 20 qm großen Zimmer 18 und die minimale Zahl der Schritte war 14. Indem ich die Proportion meiner Schritte mit der Länge des Zimmers genau ausgerechnet hatte, reduzierte sich die Zahl der Schritte von selbst und aufgrund meiner gründlichen Beobachtungen. Man hat ein einsichtsvolles Gefühl, wenn man weiß, dass man an Schritte denken kann. Für viele Leute sind die Schritte etwas Selbstverständliches und Natürliches. Da aber beginnt (für mich) die ganze Kosmologie.

In diesem kleinen Zimmer (20 qm) habe ich selbstverständlich viel weniger Schritte gemacht als ich jetzt in der ganzen Wohnung (45 qm) mache. Dort habe ich insgesamt 14 schöne kleine runde Sparschritte (mein Ausdruck) durch das ganze Zimmer gemacht. Nur in die Länge! Das war eine schöne Zeit! So wenig Schritte am Tag und noch weniger in der Nacht! Es war ein spezifisch behagliches Vergnügen und ein rationaler Genuss. Ich wusste genau, wie viel Schritte ich mir in diesem Zimmer erlauben kann. Die maximale Schrittzahl in die Länge war 14 Schritte, plus 1,5 Schritte in die Seite zum Schrank rechts und 2,5 Schritte zum Waschbecken links. Insgesamt in dem ganzen Zimmer 18 Schritte (die ich ganz am Anfang nur in die Länge bei der maximalen Zahl ausgerechnet habe). Dann noch 6 Schritte auf die Toilette und 5,5 Schritte ins Bad. Ich ging auch draußen, die Natur war so nah, dass ich nur 74 Schritte machte und dann saß ich schon auf einer Bank inmitten der Natur. Ganz am Anfang habe ich nur 218 Schritte im Park gemacht. Die Zahl der Schritte wuchs so an, dass ich auch mal 1887 Schritte allein im Park machte. Die maximale Schrittzahl, die ich damals erreichte war 2056 nur hin!! 4112 Schritte insgesamt in einem Park! In diesem Park, wo ich mich frei und unabhängig fühlte, konnte ich die Schrittzahl anwachsen lassen. Hier in diesem freien Raum erhielt ich für mein Schrittsystem neue wertvolle Denkimpulse. Hier entspross die Idee in die größere Wohnung umzuziehen, wo ich mein Denk- und Schrittsystem auf allen Touren entwickeln konnte! Ich fühlte mich plötzlich in dem damals noch 20 qm großen Zimmer zu eingeengt. Für meine weiteren wichtigen Forschungen war es seit diesem Moment zu klein, weil ich mich stets und schnell entwickelte! Ich musste vorwärts gehen!

Meine neue 45 qm große Wohnung brachte mich auf Touren.

Die Möglichkeiten der Räume, der Maße und Zahlen zwangen mich neue wissenschaftliche Methoden zu verwenden. Für meine Forschungen aller Art brauchte ich Tabellen, welche die Ordnung in meinem Denk- und Schrittsystem machen. Die Tabellen konkretisieren meine Lebensweise in meiner 45 qm großen Wohnung. Früher habe ich keine Tabellen gemacht und das war ein grober Fehler. Dadurch habe ich viel Geld vergeudet, zu viele Schritte gemacht, zu viel Lebenskraft ausgegeben.

Gestern habe ich ein Manuskript von Wagner erhalten »Beethoven. Opus 15«. Auch ihm habe ich meines zugesprochen. Opus 183.

Ich kann ruhig meine Theorie Nr. 567 erarbeiten. Für viele sind die Schritte eine Selbstverständlichkeit, aber für mich beginnt hiermit die ganze Kosmologie.

Regeln und Prinzipien muss man einhalten, sonst geht das ganze System zugrunde.

Schritt auf Schritt bezogen. Dimension, Funktion, Raum, Maß, Zahl. Alles entpuppt sich zu ...? Arithmetices principia, nova methodo exposita.

Von meinem Arbeitstisch zum Bett mache ich in der 45 qm großen Wohnung nur 3 Schritte! Von meinem Arbeitstisch in die Küche 17. Von Jeans Arbeitszimmer und meiner Bibliothek mache ich 23 Schritte in die Küche. Von der Küche ins Bad 5 Schritte. 9 die Treppe hinunter. 3 Schritte von der Tür hinaus bis zum Briefkasten. Ich kenne die Zahl meiner Schritte in meiner

Wohnung. Am Tag kann ich bis 904 Schritte in meiner 45 qm großen Wohnung machen. Die Zahl meiner Schritte hängt auch von meiner mentalen Lage ab. Es gibt stets Schwankungen in meinem Schrittsystem. Am Anfang bin ich in die Küche von meinem Arbeitszimmer 22 Schritte gegangen. 22! Inzwischen habe ich meine Schrittkraft auf 17 reduziert. Oder von Jeans Zimmer 28! Ich reduzierte mit der Zeit alle Schritte in alle Richtungen von allen Zimmern und Zielorten, so dass ich heute ein befriedigendes Ergebnis vorlege. Ich gehe normal. Ganz normal wie früher. Nur die Schritte sind reduziert von 22 auf 17 oder von 28 auf 23! 5 Schritte erspare ich beim Gehen in die Küche. Vom Tisch zum Bett habe ich damals manchmal auch fünf Schritte mehr gemacht. 10 Schritte mehr, 13 Schritte insgesamt mehr als heute. Ich war so unpraktisch und unsparsam, so viele Schritte (mein Schritt war etwa 73–75 cm lang). Ich fühlte mich müde. Ich ging einfach zu viel in meiner Wohnung. Insgesamt 44 Schritte nur von meinem Zimmer in die Küche. Von der Küche ins Bad 23 Schritte, vom Bad zum Flur 17 Schritte, und von meinem Zimmer bis zu der Treppe 27 Schritte, dann 9 die Treppe runter und zum Briefkasten von der Treppe 6 und von der Tür bis zum Briefkasten 5 Schritte. Von der Tür bis zur Schlupfpforte 14 Schritte. Und bis zum Geschäft 68 Schritte. Und dann wieder zurück! 2094 Schritte insgesamt am Tag hin und zurück. Es war zu viel!

Immer muss man daran denken, mit der gleichen Schrittzahl zurückzugehen. Das ist penibel. Auch ich mit der Erfahrung und wissenschaftlichen Ergebnissen denke dauernd daran, dass ich die gleiche Zahl der Schritte zurück gehen muss. Die Zahl geht tatsächlich bis in die Tausend, wenn man durch eine 45 qm große Wohnung 18 mal geht!

Ich will die Zahl der Schritte immer genau sagen, mit plus und minus selbstverständlich. Ich will genau sein, präzise Beobachtungen und Schlussfolgerungen mit exakten Ergebnissen. Verfolgt man genau, was ich beim Zählen der Menge, der Quantität oder Anzahl der Schritte tue, so werde ich auf die Betrachtung der Fähigkeit meines Geistes geführt. Ohne das Denksystem und das Schrittsystem, ohne solche Fähigkeit, überhaupt kein Denken möglich ist. Die Arbeit des Wissenschaftlers, die asymptotische Annäherung an die ewige Geltung, besteht in der Bildung der theoretischen Systeme durch das ständige Zählen. Die Zahlen sind Schöpfungen unserer Phantasie.

Wenn ich 15 mal in meinem Arbeitsatelier in die Küche gehe, gehe ich nur am Tag (!), nur 345 Schritte in die Küche von meinem Zimmer. In der Nacht versuche ich meine Schritte zu zählen, ich bin sogar fähig sie zu zählen und gleichzeitig zu sparen. In der Nacht zähle ich nur ungefähr, hier wird mein Forschungsergebnis nicht so genau, da meine mentale Ausstattung in der Nacht nicht auf 100% arbeiten kann. Insgesamt sind es über 57 Schritte. Ich schlafe aber nur fünf Stunden (so nenne ich das Schlafzimmer ein Ruhezimmer). So habe ich einen ziemlich klaren Überblick (89%) über die Zahl meiner Schritte.

Mein Blick aus dem Fenster richtet sich nach draußen, wo alle Vorbeigehenden meinem Forschungszweck dienen. Niemand kann meinen (geheimen) Forschungsort entdecken. Nur Jean Paul weiß davon. Aber das ist ein Dienst- und Forschungsgeheimnis.

Wieder geht sie mit dem Abfall. Mit zwei Flaschen. Mit 45 oder auch 48 Schritten. Die Zahl 45 oder 48. Sie macht 45 oder 48 Schritte und ich – zehn Jahre älter genau 39. Sie geht jeden Tag 5 mal 45 bis 48 Schritte, manchmal nur mit einer Plastikflasche, manchmal nur so ... ich merke es, dass sie nichts zum Wegschmeißen hat, trotzdem will sie diese 45 oder 48 Schritte zu der Mülltonne machen. Es bringt eine große Freude, Schritte zu machen, aber auch Sorge, in meinem Fall.

Ich betrachte das ganze Schrittsystem als wissenschaftliche Aufgabe. Ich werde bald mit meinem Manuskript fertig. Es ist natürlich nur eines der Gebiete, denen ich mich zeitweise widme. Ich brauche natürlich viel Zeit für die Beobachtungen, Analysen und Recherchen. Ich zähle meine Erfahrungen. Es kommt bei mir zu einer fruchtbaren Eskalation der Kraftschöpfungen (wie oft dabei auch zu den Kraftäußerungen). Das ist der Mittelpunkt meiner Glückseligkeit. Ich bin bemüht, alle Schritte jedes Tages auszuzählen. Ich verkünde stolz meine Nüchternheit. Ich stürze mich in die Überlegungen hinein, tief hinein und hinunter und in Sekundenschnelle weiß ich, dass ich die genaue Schrittzahl kenne.

Heute Abend reise ich ab, raten Sie wohin? – Sie haben es erraten. Von Zeit zu Zeit muss ich mich von den Schrittzahlen losreißen und mich durch den Umgang mit Menschen gewissermaßen neu einbinden lassen, sonst verliert man einzelne Blätter und fällt mutlos auseinander.

Aber nur durch das Opfer vielmehr der niedrigeren und doch

so versucherischen Güter wird die Höhe des sittlichen Verdienstes erreicht und um so höher, je lockender die Versuchung und je tiefer und umfassender ihr Opfer ist.

Das Maximum an Vertiefung, Kraftaufwand, beharrlicher Konzentration meines ganzen Wesens auf meine, seine, ihre Schritte.

Das Maximum an Entsagung, an Aufopferung alles abseits Liegenden, an Hingabe des Subjektiven für die objektive Idee meines Schrittsystems.

Alles Leichte, Anmutige aus der Selbstverständlichkeit des Triebes Quellende entfaltet einen unvergleichlichen Reiz aller gemachten Schritte. Diese meine Besonderheit! Mitschwebende Gefühle von Lasten und Opfern, die sonst die Bedingung der Ersparung sind.

Sie trägt wieder nur zwei leere Plastikflaschen, nur um ihre 45 oder 48 Schritte zu machen. Ich mache die gleiche Strecke mit 39 Schritten! Ein schockierendes Forschungsergebnis, ihre Schrittzahl erreichte in diesem Augenblick (das ist der Höhepunkt meiner heutigen Beobachtung) 49,5 Schritte! Nur bis zur Mülltonne, wohin ich ganz normal immer die gleichen 39 Schritte gehe ...

Jean Paul hat mir gesagt, dass in Zukunft die Organisation und das System an erste Stelle treten wird. Ich vertrete die Zukunft. Die Aufgabe eines jeden Systems muss die Ordnung und Klarheit sein.

Die Erkenntnis zum mächtigsten Affekt zu machen! Die Intensität meines Gefühls machen mich schaudern und lachen – schon ein paar Mal konnte ich das Zimmer nicht verlassen, aus dem lächerlichen Grund, dass meine Augen müde waren – wodurch? Erfüllt von neuen Blicken, die ich den Schritten voraus habe.

Zu viel von allen.

Missverhältnisse, Missverständnisse nur. Mit allen. Meine Oma hat mir immer gesagt, es ist schade, nur Liebhaber zu sein. Körperliche Abhärtung und Ertüchtigung. Die Geschlechtlichkeit muss durch Erziehung in die Gesamtpersönlichkeit eingebaut werden. Willenserziehung durch Beherrschung der Triebe. Ich war Bataillonsläufer. 10 Jahre. Entwicklung eines gesunden Körpergefühls durch gesunde Lebensführung und Achtung vor dem Wunderwerk des menschlichen Organismus. Meine Oma hat mir gesagt, du bist zu schön, intelligent und reich, um eine

Lebensgefährtin zu haben, die dich sowieso betrügt. In zwei Jahren hatte ich drei schwerwiegende Angina Pectoris. Auf diese Weise kommt es nicht zur Entwicklung einer harmonischen Persönlichkeit, welche ihre inneren Gegensätze und Spannungen zu beherrschen versteht, so dass sich das Problem der geschlechtlichen Erziehung von selbst löst.

Über die Grundlagen der Schritte forsche ich, seitdem ich nicht Professor für die neuere frühere deutsche Literatur bin. Mein Manuskript wird bald fertig. Ich will den Anfang und das Ende der Zahlen erkennen. Ich denke, ich gelange bald zum Mittelpunkt. Und der Mittelpunkt der Sache ist ihr Kern! Diese sichtbare Ausdehnung der Schritte. Herz. Instinkt. Diese Welt kommt nicht ohne die Schritte aus. Man sagt: jetzt machen wir einen weiteren Schritt, in der Wissenschaft machen wir Fortschritte. Das Wort und der Sinn hat vielfältige Bedeutung, so weit meine Theorie. Ich.

Wir halten uns fähiger die kleinen Schritte zu beherrschen. Man braucht keine Fähigkeit zum Schritt zu gelangen, sagte mir gestern Friedrich, was für mich keine Neuigkeit ist, wollte er mich verlachen? Schillers Grundsätze und Prinzipien gehen mir auf die Nerven. Tagtäglich brauche ich eine innere Heilung vor Menschen wie Friedrich, die denken, dass sie alles wissen. Allwissender!!

Die biologische Aufklärung durch meine Oma. Siebzigjährige Oma. Fortpflanzung im Tier- und Pflanzen- und Menschenbereich. Geschlechtskrankheiten, Erblehre und Erbgesundheitspflege. Auch die Zahl der Chromosomen ist in allen Zellen einer Tier- und Pflanzenart die gleiche. Die Sterblichkeit betrug bei Diphtherie in den letzten Jahren allgemein 5–12%. Allgemein? Ich gehe vom Allgemeinen zum Konkreten. Gewiss ist ohne Erkenntnis der Allgemeinheit des Widerspruchs unmöglich, die allgemeinen Grundlagen der Ursachen und die allgemeine Entwicklung des Schrittsystems ohne jede Erkenntnis voneinander zu unterscheiden. Man beginnt immer zuerst mit der Erkenntnis des Allgemeinen. Und von der Verallgemeinerung geht man über zu dem Konkreten. Die Entwicklung der menschlichen Erkenntnis stellt stets eine spiralförmige Bewegung dar, wobei jede Windung die menschliche Erkenntnis auf eine höhere Stufe hebt und sie beständig vertieft (jedoch nur dann, wenn dabei die wissenschaftliche Methode streng eingehalten wird).

Schlagworte wie Krise der Zivilisation oder Krankheit des Geistes beherrschen die Gespräche über die Stellung des Menschen von heute in der Welt. Dass in der Wissenschaft eine Stimmung des Umbruchs überwiegt, lässt sich nicht leugnen.

Ich war Professor für die neuere frühere deutsche Literatur. Sie haben mir keinen konkreten Grund gesagt, und plötzlich musste ich meine ehrenamtliche Stelle verlassen. Ich Professor für die neuere FRÜHERE deutsche Literatur! Aber was? Daraus kann man schließen, dass … die Last lässt sich tragen. Da gibt es kein Zögern mehr. Der Erdmagnetismus. Machiavellismus. Ich leide jedoch darunter nicht mehr. Allgemein. Ich denke mit geistiger Frische und sehe mit Freude in den Tageslauf hinein. Glücklicherweise fehlt es mir nicht an dem sozialen Ehrgeiz, so dass ich von da aus keine Gefahren zu befürchten habe. Nur Abneigungen, nur Nötigungen zu mathematischen Rücksichten. Ich darf heraussagen, was ich denke, und ich will erproben, bis zu welchem Grade unsere Schritte Freiheit vertragen.

Die Lösung der sozialen Frage lässt die neurotischen Erkrankungen nicht verschwinden, im Gegenteil sie brechen durch! Im Schlaf wird mein vegetatives Nervensystem umgestimmt. Gestern schweifte ich in den unglaublich schönen und verborgenen kleinen Geschäften herum (und spann im Gehen an allem Hoffnungsvollen der Zukunft), es war ein Blick des Glücks, den ich lange nicht erhascht hatte. Wozu ist man aufgespart?

4089 Schritte insgesamt, nur gestern.

Für meine bisherigen Manuskripte ist immer großes Interesse vorhanden. Wagner. Ich werde die treibende Kraft der Gesellschaft, sagte er mir. Wie mir seine Worte gut tun, sie balsamieren meine Seele. Wissenschaftler werden meine Theorien wissensdurstig lesen.

Wichtig ist für meine Aufzeichnung jeder Tabelle jede einzelne Konkretisierung, ein konkreter Fall. Ich vergesse mich selbst, weil ich die gehende Person nicht mehr als etwas mir Gegenüberstehendes empfinde, meine Seele ist mit der gehenden Person verschmolzen und ist ebenso in mich eingezogen, wie sie sich mir immer hingibt! Diese Spannung der Einheit aus dem Gefühl und der Tatsache treibt auseinander und beides erregt das Bewusstsein der Freude. Ich begehre, was ich noch nicht habe und genieße, was ich schon habe. Ich hefte alle meine Gedanken leicht an jeden Schritt. Ich bin mit jedem Schritt in einem spannenden Erlebnis verbunden. Es ist eine physisch leicht begreifliche Notwendigkeit, die reduzierten Schritte zu messen. Durch jeden reduzierten Schritt schaffe ich gerade die Bedürfnisbefriedigung, die in ihrer Reduzierbarkeit den eigenen Reiz hat.

Was für eine Fülle von Erkenntnissen liegt zwischen den Tagen!

Die Tabellen sind für mich eine prinzipiell konstruierbare Welt der konkreten Zahlen. Das Substantielle der Schritte ist für mich die richtige Bewegung und Entschlossenheit.

Die Tabellen, Kalkulationen, prinzipielle Überlegungen erfüllen die Methoden. Konkrete Schritte, Vorstellungen und Erfahrungen, die sich an sich schon nach meinen erschaffenen Normen und Formen richten, sind die Träger meines Denksystems. Ich muss tagtäglich Resultate meiner Forschungen auswerten. Nie kann ich die Resultate verallgemeinern. Man muss immer von einem Einzelfall ausgehen und von dieser spezifischen Einzelerkenntnis eine Rechenoperation ausführen. Jeder Fall ist tatsächlich ein Einzelfall. Nicht die Gleichheit, die man vielleicht aus dieser meiner Berufung induzieren könnte, die Vielfältigkeit macht mich neugierig.

Sofern mir keine salzlose Diät vorgeschrieben wird, verwende ich zweckmäßigerweise an Stelle des üblichen Kochsalzes das in den Reformhäusern erhältliche Meersalz, das alle Mineralsalze und Spurenelemente in einem ausgeglichenen Verhältnis enthält.

Für jede Woche habe ich eine neue Tabelle. Jede Tabelle hat eine Nummer. Für dieses Jahr habe ich 52 Tabellen. Jedes Jahr hat eine neue Reihe der Tabellen. Um meine Methode konkret und realistisch zu machen, variiere und kombiniere ich die Tabellen der vergangenen Jahren. Statistisch erfasse ich die Stände der Schritte aus den letzten Wochen. In meinem Schrittsystem summiere ich alle meine Ergebnisse in verschiedenen Fassungen. Ordnen und Übertragen der anfallenden Informationen gehört jetzt zu dem wichtigsten Teil meiner Schrittforschung. So gern ich die Ähnlichkeiten und Übereinstimmungen der Zahlenergebnisse anerkenne. Ich bin es doch der Wahrheit schuldig, auch die fundamentalen Differenzen unter den Schritten einzugestehen. Die Methode, eine konstruktiv-gliedernde Methode, die sich schon in den wissenschaftlichen Kreisen erfolgreich verbreitet hat, ist die ausgehende Grundlage für meine Forschung. Zu meiner tagtäglichen Forschung gehört selbstverständlich die Aufzeichnung aller herausgezählten Schritte.

Ich muss das alles vernünftig koordinieren und kontrollieren.

Zwei Mal wöchentlich essen wir (ich und Jean) Fleisch, vorzugsweise innere Organe wie Leber, Gehirn, Herz, Bries, Nieren und Lunge oder Fisch, was auch für Kranke die Grundlage der Ernährung ist.

Diese unvergleichbaren Erkenntnisse sind für meine Grundlagenforschung wichtig geworden. Die Grundlagenforschung der primären Zahlenverhältnisse wächst zu einer erkennbaren sekundären Vision der Schrittverhältnisse. Bei den Schritten und ihren Relationen muss man eine Vision enthüllen. Dante hatte auch seine Vision und spricht in den ersten Worten seines Gedichts davon. Diese Visionen sind unartikulierbar, unmarkierbar, so auch unvergleichbar. Die Beweglichkeit und unerschöpfliche Kombinationsfähigkeit der mathematischen Inhalte.

Die Aufrechnung von Bemühungen und Resultaten ist unmöglich.

Erst der Aufschub der Befriedigung durch das Hindernis, die Besorgnis, das Objekt kann mir entgehen, die Spannung des Ringens darum, bringt die Summierung der Begehrungsmomente zustande: die Intensität des Schrittes und des Wollens und die Kontinuität des Erwerbens beim Gehen.

Die höchste Kraft des Begehrens entsteht bei jedem Schritt.

Anne Otto
Hirnkurs
– Auszug aus einem Kapitel des Romanprojekts »Medizinen« –

Ein Gehirn sieht aus wie ein Gehirn. Man hat es durch Comics fliegen sehen und aus Fenstern. Wenn der Empfänger an etwas erinnert werden soll, kann man Gehirne sicher auch als Symbol in einer SMS verschicken. Alle Gehirne haben etwas gemeinsam: Sie sehen kompakt und gewellt aus. Ihre Gräben und Furchen heißen Gyri und Sulci. Das Wort Gyrus erinnert an einen gewickelten Fleischspieß und hat auch etwas damit zu tun. Es sind diese Wicklungen, die das Gehirn dazu bringen, dass es denken kann. Auch das haben alle Gehirne gemeinsam: Sie können denken.

Die Gehirne, die die Studenten der Gruppe B untersuchen sollten, lagen in langen Reihen auf runden Steakbrettern und sahen immer noch aus wie Gehirne. Irritierend war nur, dass ich mein Skalpell aus dem Holzschächtelchen auspacken und daran herum schneiden sollte.

»Sie sollen gleich etwas darstellen, passen sie gut auf!«, sagte Dr. Niehaus.

Ich versuchte, seiner Stimme durchs Mikrofon zuzuhören, die zu den zweihundert Studenten und deren vierhundert Ohren sprach. Studenten, die mit vierhundert Augen auf hundert Gehirne glotzten. Von weit vorne im Saal kam Niehaus' Stimme. Sie klang entfernt von mir und der Professor, zu dem die Stimme gehörte, war darüber hinaus schlecht zu sehen, denn sein weißer Kittel hob sich kaum von der weißen Tafel hinter ihm ab. Auf halbem Weg zur Tafel, an einem anderen langen Tisch, saß Eva, die Einzige, die ich mit Namen kannte, zurückgelehnt in ihrem Stuhl. Sie kaute Kaugummi, hatte die Arme über der Brust verschränkt. Sie schien den Professor gar nicht ansehen zu wollen. Gerne hätte ich neben ihr gesessen, aber wir konnten uns das nicht aussuchen. Jeder musste sich an den Platz setzen, auf dem seine Matrikelnummer klebte.

Die großen Bahnen sollten dargestellt werden.

»Es gibt eine Pyramidenbahn«, erklärte Dr. Niehaus, »die alle

Befehle zu den Muskeln bringt und eine schnelle Bewegung des Körpers überhaupt erst ermöglicht.«

Zweihundert Studenten zerstückelten daraufhin in Zweiergruppen das Gehirn und suchten die Pyramidenbahn.

»Suchen Sie nach den festen Fasern«, sagte Dr. Niehaus.

Fasern, weiße und graue Bereiche, Kerne, Sterne, Gräben, Ansammlungen von Zellen zu Zentren, das alles sollte ich laut Dr. Niehaus mit bloßem Auge erkennen können. Ich tastete immer noch mit den Fingern außen am Gehirn entlang. Ich fand es erstaunlich fest; es hatte die Konsistenz von Champignons. Es blutete nirgends, eher sah es bleich aus und glänzte in Formalin wie eine eingelegte Gurke, die man aus dem Einmachglas nimmt. Auf den ersten Blick war das Zerschneiden auch wirklich den Handgriffen ähnlich, mit denen man ein Abendbrot zubereitet. Vielleicht blieb man sogar besser bei dieser gewohnten Vorstellung. Denn alles sollte sehr schnell gehen mit dem Gehirn auf dem Brett. Ich musste darstellen, und die Zeit drängte. Der namenlose Junge, der mit mir am gleichen Gehirn saß, schabte schon mit dem Skalpell an der Gehirnwindung, unter der die Pyramidenbahn liegen sollte. Eine Bahn für jede Bewegung. Ich nahm mein Skalpell und machte einen kleinen Schnitt unterhalb der Windung. Es ging ganz leicht – als würde ich beim ersten halbherzigen Spatenstich in lockeres Erdreich auf Gold stoßen, fühlte ich gleich unter der Klinge den Widerstand des weißen Gestrüpps. Ich weitete den Schnitt ein bisschen. Dr. Niehaus stand hinter mir.

»Ja, hier sieht man die Pyramidenbahn sehr schön«, sagte er und schabte handwerklich an unserem Hirn herum, entfernte Gewebe. Als er weiterging war im Inneren unseres Gehirns eine helle Straße zu sehen. Reste von Hirn hatte Niehaus am Rand des Brettes abgestreift. Er hatte mit mir geredet, aber dabei nicht in mein Gesicht gesehen. Sein Lob galt vielleicht der hellen Neonröhre über mir oder allen Studenten des Kurses zusammen, die an den Gehirnen herumschnitten. Sicher aber galt sein Lob der Wissenschaft. Die Wissenschaft – sie riecht wie ein uralter, zu Pulver zerstoßener Tisch, auf dem unzählige chemische Experimente stattgefunden haben und gesichtslose Studenten mit schwitzenden Händen zu verfolgen versuchen, was Natur und Professor so routiniert vormachen. Es ist immer die gleiche Wissenschaft für Generationen von Studenten. Manche Studenten haben Angst, andere träumen auf den Tischen.

Ich träumte. Von Charles. Ich dachte an Trommeln, an die raue Ziegenfellbespannung der Trommel und die wüsten Farben der Bilder, die Charles malte, an einen Topf mit Tee, den er auf dem Feuer hatte und wie ich still auf dem Bett saß. Charles sang aus der Kehle.

»Was weiß ich, was morgen ist« hieß das Lied.

Er modellierte eine Figur aus Ton. Ich saß auf dem Bett mit blauen Decken umwickelt, ein bisschen blass vom vielen Ausruhen. Neben dem Bett lagen bunte Fleyer. »Afrikakomitee«, »Treffen Somalia«, »Aids in Afrika«. Manchmal rutschte ich beim Aufstehen auf einem dieser Faltblätter aus. Der Hinterhof schimmerte grau.

»Svea, wie findest du die?«, fragte Charles. Er hatte eine Frau gemacht, mit Hängebrüsten bis zum Bauchnabel.

»Das ist Volkskunst«, sagte ich und gähnte vom Bett herunter.

»Nein«, sagte er, »das bist du.« Ich war beleidigt.

»Du hast eine komische Wahrnehmung«, sagte ich und fühlte meine Brüste, die ein wenig auf der Haut auflagen.

»Du bist gemein«, sagte ich.

»Wenn du Afrikanerin wärst, würdest du so aussehen, wenn du in einem Stamm leben würdest, in der Natur«, sagte Charles. Er kam zum Bett und berührte trocken und weich meinen Mund mit seinem Kissenmund und seiner zarten Hand. Charles roch nach Bohnen und Farbe. Vielleicht auch nach Afrika.

»Ich bin aber nicht in Afrika«, sagte ich.

»Aber irgendwann wirst du mal dort sein, dann wirst du sehen, wie schön meine Heimat ist«, sagte Charles und ging zurück zur Staffelei. Ich saß auf dem Bett und war weiter weg von zu Hause als Charles, denn das Bett war in seiner Wohnung. Ich hatte nur ein Zimmer im Haus meiner Eltern.

»Warum zeichnest du nicht?«, fragte mein namenloser Kurspartner und schraffierte ein Gehirnareal in seinem Skript blau.

Ich musste im Skript nach der Skizze suchen und hörte Dr. Niehaus durchs Mikrofon lautstark eine Frage beantworten.

»Das Corpus callosum«, erklärte er und röchelte ein wenig, »wird auch als der Balken bezeichnet. Er liegt zwischen den beiden Hemisphären.« Ich zog die angekratzten, leicht fledderigen Gehirnhälften auseinander, um das Corpus callosum zu suchen. Es lag wie eine aus Horn geschnitzte Brücke in der Tiefe zwischen den Hirnhälften. Es hielt möglicherweise das Denken zusammen. Eine Brücke, die rechtes und linkes Denken verbinden kann. Ich würde die Brücke zu Hause schraffieren, beschloss ich, fühlte dabei aber keine Entspannung. Alle anderen waren schon wieder bei einer ganz anderen Fläche.

»Hier sitzt der Charakter«, sagte Niehaus über diese Region. »Das sieht man auch an einigen Menschen mit Tumoren, die wesensverändert sind. Wenn sie beispielsweise mit Kriegsverletzungen heimgekommen sind, wenn sie Splitter im Gehirn hatten. Dann wurden sie aggressiv und witzelsüchtig, ihr ganzer Charakter hatte sich von Grund auf verändert. Wenn Splitter in einem andern Teil des Gehirns landeten, veränderte sich der Charakter nicht. Deshalb nimmt man hier den Sitz der Persönlichkeit an.« Ich glaubte ihm nicht und dachte, der Charakter würde wandern und wäre überall, und auch der Körper selbst wäre Charakter und eine Haltung Persönlichkeit.

Mein Nebenmann bückte sich so stark über sein Skript, dass man seinen scharf frisierten, schuppigen Scheitel sehen konnte. Niehaus zählte lateinische Bezeichnungen auf, seine Stimme überschlug sich. Niehaus machte nie einen Witz. Einen Witzelsuchtdurchschuss hätte ich ihm gewünscht, einen Splitter, der ihm einen verrückten Einfall aus dem Kopf kitzelte, für einen Moment nur, damit er uns alle zum Lachen brachte. Eva winkte zu mir herüber und erinnerte mich daran, dass ich mich immer nur dann witzig fühlte, wenn ich in einer witzigen Situation auch Leute kannte. Und meistens brauchte ich lange Zeit, bis ich das Gefühl hatte, überhaupt jemanden zu kennen.

Selbst in der Schule hatte es Jahre gedauert, bis ich Björn kannte. Was ich davor gemacht habe, weiß ich nicht mehr, vermutlich habe ich einfach gelernt, was ich musste. Bis ich Björn kennen lernte, der auf der anderen Seite des Klassenraums saß. Er hockte dort in sich zusammengesunken. Seine Jeansjacke war dreckig. Björn war eines Tages auf mich zu geschwommen, durch das Meer der braunen Tische und langweiligen Gesichter und hatte mich gefragt, ob ich mit ihm zu einem Konzert gehen würde. Wir gingen schon fünf Jahre in eine Klasse und waren uns vorher nie begegnet. Es wunderte mich nicht. Irgendwann zwischen dem sechsten und dem neunten Schuljahr schien sich die Zellsubstanz der ganzen Klasse von Grund auf neu zu gestalten. Alle alten

Zellen starben, neue zarte und gewaltige Zellen steuerten Personen in eine andere Richtung, so dass sie unerwartet aufeinander trafen. Im Klassenraum roch es in dieser Zeit oft nach Schweiß und Apfelbutzen.

Björn kam an dem Tag auf mich zu, an dem ich mir von meinem Taschengeld eine schwarze Armeejacke gekauft hatte, von der ich nicht wusste, dass es eine Armeejacke war. Sie war tailliert und praktisch. Als ich sie bei dem fliegenden Händler in der Bahnhofsunterführung gesehen hatte und meine Mutter zu mir sagte, »die kaufst du dir aber von deinem Taschengeld«, hatte ich den Beschluss gefasst, sie zu tragen. Für meine Mutter, von der die Leute immer sagten, dass sie schön und geschmackvoll gekleidet sei, war jeder Einbezug meines Taschengeldes in Kleidungsfragen eine Absage an meinen guten Geschmack. So kam es mir vor, als würde ich von Anfang an mein Geld vor allem in eigensinnige Ideen investieren. Meine Mutter kaufte mir aber immer alles, was sie schön fand. Deshalb trug ich unter der Armeejacke einen rosa Nickipullover und eine Karottenjeans, wie sie die jüngeren Kolleginnen in dem Friseursalon trugen, in dem meine Mutter ein paar Stunden in der Woche arbeitete. Jetzt verdeckte die Jacke die fetten Strassapplikationen auf meinem Gürtel, die mich sonst als eine sehr dünne, mit Boutiqueramsch behangene Puppe erscheinen ließen. Jetzt sah ich aus wie eine dünne Matrosin, eine schlichte Kämpferin, zumindest von außen, und vielleicht sah man es mir sogar an, dass ich beschlossen hatte, dass nichts so gut zu meinen roten Haaren passte wie das tintige Schwarz dieser Jacke.

Mit Björn ging ich seither überall hin, er schleppte mich mit in seine Stammkneipe, die Klarsicht hieß. Im Klarsicht waren alle viel älter als wir. Sie waren äußerlich unerreichbar, weil sie sich mit bunten Frisuren, Fahrradketten und Nieten verkleideten, oder weil sie, wenn sie Frauen waren, ein Dekolleté trugen. Ich habe an einem Sommerabend im Klarsicht das erste Mal ein Dekolleté gesehen. Eine Welle aus Fleisch und Blut, eine schiere Furche dazwischen und dazu ein Kleid aus nichts als Silber. Wie ein Fisch sah die Frau aus, der das Dekolleté gehörte, wie ein schöner Fisch mit Brüsten. Ich schaute mir seitdem sehr häufig Brüste unter Kleidern an und träumte mir selbst auch solche Kleider und Brüste. Dabei kam ich mir komisch vor, denn ich war ein Mädchen und sollte doch eher den Jungen nachschauen.

Aber die schienen so weit entfernt und würdigten mich keines Blickes, so dass ich sie in meinen Betrachtungen zunächst beiseite ließ. Außer Björn, mit dem ich im Klarsicht saß – wir am Katzentisch, am Kindertisch neben dem Klo – um uns herum die lärmenden Älteren. Sie duldeten uns achselzuckend oder bemerkten uns nicht.

»Hier sind die Freaks!«, sagte Björn und wippte mit dem Oberkörper. »Geh doch in den Blueskeller, da weißt du, was mit dieser Stadt im Durchschnitt los ist.«

»Was ist ein Freak genau?«, fragte ich Björn.

»Einer, der anders ist, der nicht so leben kann, wie die anderen«, sagte Björn.

»Du bist auch ein Freak!«, schlug ich Björn vor.

»Ja«, sagte Björn. »Ich denke schon.«

Seltsamerweise schien er froh darüber zu sein.

»Und, wie kam es dazu«, fragte ich ihn und imitierte die Stimme eines Reporters.

Das machte ich oft, wenn ich dachte, ich würde jemandem eigentlich zu nahe treten.

Björn sah in den schwarzen Himmel vor dem Fenster. Es war keine echte Nacht, es war zwanzig Uhr im Winter, aber ich stellte mir das Dunkel vor dem Fenster als Nacht vor. Ich wollte auch nicht darüber nachdenken, dass ich mit der nächsten 512 nach Hause fahren musste.

»Mir gefallen halt Sachen, die allen anderen nicht gefallen, das war schon immer so«, sagte Björn. Aber die dicken schwarzen Stiefel und die Jacken mit dem karierten Futter gefielen sicher auch anderen, in England und in den Großstädten mussten viele so sein und so aussehen wie Björn.

»Bin ich auch ein Freak?«, fragte ich Björn und wollte, dass er ja sagen würde.

»Nein«, sagte er. »Du nicht.«

Er hatte Recht. Björn blieb noch, als ich mit dem Bus nach Hause fahren musste.

»Die Zellen des Gehirns können sich nicht erneuern«, sagte Dr. Niehaus, »das wissen Sie sicher, das gehört zur Allgemeinbildung.« Zweihundert Studenten nickten im Takt der Stimme des Professors.

»Die Pfade des Gedächtnisses dagegen ändern sich ständig,

man weiß bloß noch nicht wie.« Zweihundert Studenten hätten gerne gewusst wie. Ich blickte aus dem Fenster. Ein Baum bewegte kleine Zweige. Die Sonne dahinter ließ orange Kreise um meine Augen tanzen. Ich hatte keine Ahnung, warum ich hierher geraten war.

Carsten Polzin
Kleine Reise

Ich weiß, dies ist nicht der richtige Ort, es niederzuschreiben. Verzeihen Sie mir, dass ich mehr Platz verschwende als üblich, aber das, was ich loswerden möchte, kann ich niemandem erzählen. Ich kann es nur schreiben, denn das Schreiben ist, wenn man sich einigermaßen geschickt anstellt, fast geräuschlos.
Man wird es nicht hören können.
In ein Gästebuch gehört üblicherweise ein Lob – etwa: Das Frühstück war ein Gedicht –, dazu eine sorgfältig abgewogene, aber ernst gemeinte Kritik – Die Betten waren doch sehr ausgelegen –, dazu noch Datum der An- und Abreise. Ich werde nichts von dem tun, werde nicht einmal die Daten angeben, denn ich kenne sie nicht. Aus der letzten Eintragung kann ich entnehmen, dass es bereits November ist. Sie stammt von einem Guiseppe Nusbaum, der hier bis zum 19. des Monats wohnte. Vielleicht ist heute der 20., aber Mr. Nusbaum, der für mich bald Guiseppe Nichts sein wird, könnte auch seit Wochen abgereist sein. Das Hotel scheint fast unbewohnt zu dieser Jahreszeit, und Sie – verzeihen Sie mir, dass ich Ihren Namen auf dem Schild nicht lesen konnte – waren nicht sehr gesprächig, als Sie mir die Zimmerschlüssel gaben.
Ich bin mir nicht über den Wochentag klar, nicht einmal über das Jahr, in dem ich hier übernachtet habe. Die Zeit hat mich unterwegs verloren, ich folge ihr nicht mehr, ab und zu saugt sie mich nur noch ein und spuckt mich ein paar tausend Meilen weiter wieder aus.
Einer jungen Frau, die ich in einem französischen Küstenort in einem Lokal kennenlernte, erzählte ich, ich sei der lebende Beweis dafür, dass sich ein menschliches Wesen in der vierten Dimension bewegen kann, ohne etwas davon zu bemerken. Ich hatte keinen Witz machen wollen, doch sie lächelte, und ihr Blick erinnerte mich an Marie. Es war das erste Mal seit Beginn meiner kleinen Reise, dass ich Marie in einer anderen Frau wiedererkannte, und ich warte seit langem auf ein neues solches Ereignis.

Das letzte Foto von Marie musste ich auf telefonische Anweisung in den Müllkorb einer Autobahnraststätte nahe Marseille werfen. Es gab keine Notwendigkeit dafür, es zu tun, denn das Foto war ihnen nicht gefährlich. Aber sie wollten mir das Letzte von Marie nehmen, das ich noch besaß. Also tat ich es.

Die Fahrt zu diesem Hotel gestaltete sich nicht so einfach, wie ich gedacht hatte. Südlich der Alpen war dem Transitverkehr wegen der schweren Stürme und Schneeverwehungen der Weg versperrt. Mit dem Volvo, den ich seit einiger Zeit benutze, kam ich kaum voran. Er gefällt mir ohnehin nicht, bietet zu wenig Platz, falls man einmal darin schlafen muss. Ich denke, ich werde mir bei einem der nächsten Telefonate einen geräumigeren Wagen wünschen, und bin gespannt, wie sie darauf reagieren.

Mit erheblicher Verspätung erreichte ich Turin, und die letzten hundertfünfzig Meilen bis hierher war ich gezwungen, im Schritttempo zu fahren, da der Benzinverbrauch so hoch gewesen und mir kein weiterer Zwischenstopp erlaubt war. Es war bereits dunkel, natürlich hatte ich den Anruf längst verpasst, aber das ist schon so oft vorgekommen, dass ich wusste, sie würden wieder anrufen. Also mietete ich mich zunächst hier ein, aß ein Sandwich und Käse im Restaurant, nahm ein heißes Bad und schlief zwei Stunden lang. Dann zog ich mir Pullover und Wintermantel über und ging zu der Telefonzelle auf der gegenüberliegenden Straßenseite, um zu warten.

Es dauerte sehr lange, und die Finger und Zehen wurden mir klamm. Sie lassen es immer viermal klingeln, dann legen sie auf, dann noch zweimal dasselbe, bis ich rangehen darf. Anfangs, noch in meiner aufrührerischen Phase, hob ich sofort ab und schrie in den Hörer, sie sollten dieses Spiel beenden. Doch ich wurde erzogen, es nicht zu tun.

Als ich gestern in dem Unterstand beinahe erfror und endlich abnehmen konnte, sagte die Stimme: »Willkommen.«

»Ich bin im Schnee stecken geblieben«, erklärte ich.

»Wir wissen, wo Sie waren und wo Sie jetzt sind.«

»Na wunderbar«, entgegnete ich müde, »dann sagen Sie mir, was ich tun soll, und lassen Sie mich schlafen gehen.«

»Hinter Ihnen teilen sich zwei Straßen, und im Haus auf der rechten Seite brennt Licht.«

Ich drehte mich um und sah eine Kreuzung, an deren Seiten

sich Wohnblocks mit schäbigen Betonfassaden aufreihten. Das Obergeschoss eines der Häuser war beleuchtet.

Kaum jemand bewegte sich noch auf der Straße, dazu war der Wind zu eisig.

»Sie werden zweimal klingeln und hineingelassen werden. Auf der Treppe werden Sie Ihr Gesicht verborgen halten. Der Mann, der im obersten Stockwerk an der Tür steht, darf Sie nicht erkennen, bis Sie vor ihm stehen.«

Blut stieg mir in den Kopf. »Nicht heute«, widersprach ich, »ich bin erschöpft. Ich werde Fehler machen!«

»Sie werden mit der kleinen Marie sprechen können.«

»Das glaube ich nicht mehr«, flüsterte ich, am Ende meiner Kräfte.

»Doch, das tun Sie.«

Ich habe mich schon oft gefragt, ob ich möglicherweise zu einem Roboter spreche, wenn sie mich anrufen. Ob sie mich inzwischen so gut kennen, dass sie genau wissen, was ich sagen werde, so dass sie nur noch eine Maschine einsetzen müssen.

»Ich bin müde, verdammt noch mal!«, beteuerte ich. »Und ich habe nichts dabei.«

»Sie hätten schneller fahren müssen. Dann hätten Sie auch mehr Spaß.« Es klickte. »Auf bald.«

Wütend schlug ich den Hörer auf die Gabel und sah zu dem Haus hinüber. Meine Beine fühlten sich taub an, und ich war sicher, ich würde nicht mehr in der Lage sein, sie schneller als unbedingt notwendig zu bewegen. Aber dann, anstatt die Anweisungen in den Wind zu schlagen, stapfte ich doch die Straße hinunter, und während ich nach Passanten Ausschau hielt, schlug ich den Kragen nach oben und suchte an der Haustür nach der richtigen Klingel.

In der Anfangszeit, als sie Marie erst ein paar Wochen in ihrer Gewalt hatten, wollten sie nur Geld. Ich übertreibe nicht, wenn ich sage, dass ich vor Maries Entführung zu den reicheren Spekulanten an der Wall Street gehört habe. Ich war ohne weiteres imstande, eine Menge Geld für ein Lebenszeichen meiner Frau auszugeben. Mehrere große Summen transferierte ich gleich zu Beginn auf die Konten, die man mir nannte. Das flüssige Vermögen reichte eine gewisse Zeit, aber längst habe ich Anteile vieler Firmen verkauft. Im Vorstand meiner eigenen gelte ich als beurlaubt, das habe ich noch regeln können, bevor man mich dazu zwang, aufzubrechen, und seit einiger Zeit suchen die Zeitungen nicht mehr nach mir. Meine Nachfolger haben mich abgeschrieben, als einen, der langsam verrückt geworden ist, vielleicht untergetaucht, weil er in kriminelle Geschäfte verwickelt war. Mein Geld bekomme ich inzwischen von Maries Entführern, was bedeutet, dass sie mir einen lächerlichen Teil meines eigenen Vermögens auszahlen, damit ich mir Flugtickets, Mietwagen, Lebensmittel und all das beschaffen kann, was sie von mir verlangen.

Für ein Lebenszeichen reicht Geld längst nicht mehr aus. Ich tue inzwischen andere Dinge, Dinge, die so abstoßend und niederträchtig sind, dass ich sie mir niemals hätte vorstellen können und dass ich nicht von ihnen berichten kann.

Doch das alles ist nicht wichtig.

Wichtig ist, glaube ich, was mir endlich an den Lebenszeichen aufgefallen ist, die man mir in unerträglich langen Abständen von meiner Frau gewährt. Ich höre ihre Stimme, Maries Stimme, ihr Atmen, dann ein abgehacktes Gurgeln, so als packe jemand ihren Hals, presse ihn zusammen, während jemand anderes ihr den Hörer an die Lippen hält. Nichts weiter, nicht mal ein Wort. Aber in Maries Keuchen steckt eine gewisse Regelmäßigkeit, ein Rhythmus. Die Abstände, in denen ich dies heraushöre, sind jedoch zu lang, als dass ich mir wirklich sicher sein könnte. Manchmal, wenn ich es vor Verzweiflung beinahe nicht mehr ertragen kann, weiß ich, dass ich Recht habe, aber dann lassen sie mich sie wieder hören, ihr Winseln, so als warteten sie solange damit, bis ich vor Sehnsucht nach ihr fast verdurstet bin, nicht mehr fähig, dahinterzukommen, welches Spiel sie treiben. Und natürlich ist das ihre Absicht.

»Wir schicken Sie auf eine kleine Reise«, erklärte die Stimme an einem heißen Tag, einige Wochen nach Maries Verschwinden. »Haben Sie verstanden? Sie werden eine kleine Reise unternehmen.«

Ich stand in Manhattan an einem Telefonhäuschen, um mich herum die Rush-hour. In einem solchen Moment, vor allem wenn es heiß ist, ist man hoffnungsvoll. Man spürt das lebendige Gedränge um sich, man ist fügsam, man weiß, man wird alles tun, um das Leben seiner Frau nicht zu gefährden, sich allen Forderungen beugen. Diese Scheißtypen wollen nur Geld, so sind sie doch alle, und wenn man wirklich jeden Irrsinn mitmacht, dann besteht eine große Chance, seine Frau freizubekommen. Vielleicht wird sie abgemagert sein, mit rötlichen und blauen Wundmalen an den Gelenken, vielleicht werden sie sich sogar an ihr vergangen haben, in der langen Zeit in diesem Verlies, aber man wird sie zurückbekommen, lebend, um Himmels Willen.

Egal wohin, dachte ich. Ich möchte sie nur wieder haben. »Wohin soll ich fahren? Einerlei, nur lassen Sie mich mit ihr sprechen!«

Ich habe die Stimme nur ein einziges Mal lachen gehört, und das war damals, auf diese Frage hin. Das Lachen klang gezwungen, trainiert.

»Sie wollen gar nicht fahren, es sei denn, Sie wollen ertrinken. Sie buchen für morgen Nachmittag einen Flug nach Manchester.«

Ich rieb mir die Stirn. Diese neue Entwicklung verwunderte mich. »Ist sie dort?«

»Sie werden dort von uns hören.«

»Welches Manchester meinen Sie?« Es gab mindestens zehn in den Vereinigten Staaten, aber wie viele mit einem Flughafen? Dann dachte ich an die Bemerkung mit dem Ertrinken, und mein Herz begann noch heftiger zu schlagen. »Ich soll nach England fliegen?«

»Es gehen morgen genug Flüge dorthin. Sie werden keinen Koffer mitnehmen, kein Bargeld.« Es klickte. »Auf bald.«

Verwundert stand ich in dem vorbeiziehenden, sorglosen Strom auf der Straße. Vielleicht hatten sie sie tatsächlich nach Europa gebracht, Zeit genug war gewesen. Ihre Unberechenbarkeit, die größer war, als ich mir hatte eingestehen wollen, erschütterte und verängstigte mich.

Eine Nacht später landete meine Maschine in Manchester, und ich, der nach den Instruktionen nur mit einem Mantel und Kreditkarten ausgestattet war, wusste nicht, was ich tun sollte, bis sie das nächste Mal auf mich zukommen würden. Ich nahm in der Wartehalle des Flughafens Platz und verbrachte einige Stunden in dösender Nervosität. Es wurden nicht mehr viele Flüge abgefertigt, und niemand außer den Sicherheitsbeamten interessierte sich für mich. Ein Zeitschriftenladen hatte geöffnet, und ich ging hinein, um mir die Zeit zu vertreiben, doch für Kreditkarten bekam man dort nichts. Mir war kalt, und ich hielt nach einer Möglichkeit Ausschau, ohne Bargeld an etwas zu essen zu kommen. Einen Automaten zu benutzen, wagte ich nicht, da ich mir nicht sicher war, wie das Bargeldverbot auszulegen war. Die Imbisse öffneten ohnehin erst wieder um Fünf, und bis dahin, dachte ich, würde ich längst fort sein.

Ich war in mieser körperlicher Verfassung, aber die Aussicht, kurz vor dem Ziel zu sein, hielt mich wach. Sie müssten nur noch ihre letzten Forderungen stellen. Marie freigeben. Ich wollte keinen Fehler machen, auf jeden Fall dort sein, wo sie Kontakt mit mir aufnehmen wollten. Damals wusste ich nicht, dass sie in meiner Nähe waren oder mich auf andere Weise überwachten, was sie, wie ich gelernt habe, stets tun. Es ist ein beklemmendes Gefühl, so kontrolliert zu sein – denken Sie wahrscheinlich – andererseits freue ich mich heute darüber, alle paar Tage, die es keine Anweisungen gibt, für mich sein zu können, ohne die Sorge, ihre Forderungen zu verpassen. Im Übrigen habe ich es aufgeben, meine Umgebung nach möglichen Verfolgern abzusuchen. Ich habe nichts, kein Merkmal, das ich jemandem aus den tausend Gesichtern zuordnen könnte, die mir begegnen. Stets bin ich vorsichtig, wenn ich in ein Gespräch verwickelt werde, doch niemals wäre ich paranoid genug zu glauben, jemandem von ihnen gegenüberzustehen.

Die Öffnung der Schnellrestaurants am Flughafen von Manchester erlebte ich damals noch mit. Dort konnte man mit Kreditkarte bezahlen, vorausgesetzt, man bestellte eine Menge, die alleine unmöglich zu schaffen war. Nachdem ich meinen Hunger gestillt hatte, beschloss ich, aufzubrechen. Ich konnte einen Taxifahrer dazu überreden, sich das Geld von dem Hotel auszahlen zu lassen, zu dem er mich brachte. So hatte ich wenigstens eine Unterkunft gefunden und konnte mich schlafen legen.

Als das Telefon mich aus einem flachen, unruhigen Traum riss, war ich so verwirrt, dass ich die Regel nicht einhielt und sofort abnahm. Sie bestraften mich damit, mich die nächsten anderthalb Stunden in Ungewissheit darüber zu lassen, ob ich damit Marie Schaden zugefügt hatte.

Dann, als ich sie endlich wieder am Apparat hatte, schnarrte die Stimme:

»Willkommen in England.«

»Was soll ich tun?«

Eine Pause. »Zuhören, wie wir Ihrer Frau die Haut abziehen.«
Meine Lunge zog sich zusammen, und mich überkamen Panik und Verzweiflung, die so stark waren, dass ich zu weinen begann. Ich wollte etwas sagen, appellieren, aber nichts kam aus meinem Mund als brodelndes Schluchzen, wie das eines Kindes.
»Naja, vielleicht später«, fuhr die Stimme fort. »Sie bleiben erstmal bis morgen im Hotel.«
»Was werden Sie ihr antun?«, fragte ich wimmernd.
»Sie buchen für morgen Nachmittag einen Flug nach Zürich. Wenn Sie dort sind, suchen Sie sich ein nettes Hotel und ruhen sich aus. Von dort aus geht es mit dem Wagen weiter.«
»Mein Gott, geben Sie mir doch bitte klare Anweisungen, was Sie wirklich wollen!«
»Machen Sie sich keinen Kopf.« Ich denke es mir nicht aus, die Stimme sagte es tatsächlich: Machen Sie sich keinen Kopf. »Es wird zunächst der letzte Flug auf Ihrer kleinen Reise gewesen sein.«
Es klickte. Klickte schon wieder.
»Nein, warten Sie, wann –«, begann ich.
Die Leitung war tot.
»Auf bald«, sagte ich in das leere Zimmer hinein und ließ den Hörer sinken.

Wollen Sie etwas über Mali erfahren? Über Agadir, Marrakesch oder die kleinen Dörfer entlang der Küste, die niemals eine Rolle spielen werden? Ich kenne sie alle, habe sie alle besucht, auf die Anweisung einer körperlosen Stimme hin, und an einigen Orten werde ich eines Tages erneut ankommen, durchgeschwitzt, nach Schlaf bedürftig und ohne den Willen, je wieder zu sprechen.
Ich wurde zu vergifteten Wasserfällen geführt, die nicht einmal Einheimische kennen. Ich habe Dinge gesehen, gegessen, getan, die wie ich aus einer Blase ausgespuckt wurden und wieder darin verschwanden. Ich werde sie niemals beweisen können, und das macht es mir leicht, sie zu vergessen. Bis auf weniges, das bleiben wird.
Auf der ägyptischen Seite des Mittelmeers westlich von Port Said erreicht man nach langem Fußmarsch Siedlungen von Handwerkern und Flussbauern. Sie bieten dort Jungen an, mit milchigen Augen und lachsfarbener Haut, Albinos, denen man wie mir verboten hat, zu sprechen. Nacht für Nacht, endlos und

durchdringend, zieht dieses Klagen durch die Straßen, wenn sie die Kamele schächten, die sie nicht hatten verkaufen können.

Gestern Abend lief ich, unter meinem Kragen getarnt, die Treppe hinauf und blickte dem Mann nicht ins Gesicht, der mich in der Tür empfing. Die Versuchung, der Drang ist jedesmal quälend, die Männer und Frauen auszufragen, bevor ich über sie herfalle. Ich will wissen, wessen Todesengel ich bin, wer es auf sie abgesehen hat, ob sie mir Namen nennen können. Ob sie, bei Gott, vielleicht sogar von mir gehört haben, oder Marie, ob sie mir irgendeinen verfluchten Hinweis auf ihren Aufenthaltsort geben können. Doch diese Leute sind nur flüchtige Bilder zwischen meinen kleinen Reisen, ohne Sprache und ohne Geschichte, Douglas Nichts, Anette-Christine Nichts, William Nichts, Lucio Nichts. Ich schlage auf sie ein, bevor sie zu Wort kommen. Das ist Anweisung. Ich trete ihnen zwischen die Beine und auf die Rippen, wenn sie am Boden liegen. Ich schließe die Tür und zerre sie durch den Flur, bis ich einen Gegenstand mit der Hand erreiche, mit dem ich die Sache abschließen kann. Ein ausreichend großes Telefon, eine Vase mit starker Wand, oder wenigstens einen Kleiderbügel. Lucio Nichts musste ich vorgestern mit einem Glasbilderrahmen aus dem Wohnzimmer erschlagen, da der Mann alle brauchbaren Gegenstände in Umzugskartons verpackt hatte. Als ich ihn heimsuchte, war er im Begriff, vor dem zu flüchten, das ich für ihn repräsentiere und das ich selbst suche.

Ich zertrümmerte seine Stirn und Nase, so wird es wohl in der Zeitung stehen, er schrie und heulte in dem ohrenbetäubenden Klirren und Poltern, das wir in seiner Wohnung veranstalteten. Keuchend tastete ich nach einem Splitter auf dem Boden und zog einen tiefen Schnitt über seinen Hals, damit ich wirklich sicher gehen konnte. So etwas wie damals in Marseille darf und wird mir nicht wieder passieren. Es hätte Marie beinahe das Leben gekostet.

Als sich nichts mehr an Lucio bewegte, ließ ich von ihm ab, wischte mir Schweiß von der Stirn und öffnete einen der Kartons. Nur Jacken und Bettwäsche waren darin, also löste ich die Paketbänder eines zweiten, eines dritten. Ich hoffte auf Fotos oder Papiere, fand aber nur Bücher. Einige durchblätterte ich, aber der Mann war nicht naiv genug gewesen, seine privaten Unterlagen in Prosabänden zu verstecken. Schließlich gab ich auf, ohne mir im Klaren darüber zu sein, was das war, das es an diesem Punkt aufzugeben gab. Ratlos und starr vor Ekel und Hass auf mich selbst stand ich herum, schärfte meinen Blick durch das Fenster hinaus, so weit es ging, bloß nicht die Nähe sehen müssen, bloß nicht das, was unter mir liegt.

Irgendwann krallte ich meine Hände in den Mantel, wischte sie hektisch ab und stolperte einfach aus der Wohnung, die Treppe hinunter, ohne mich noch einmal umzudrehen.

Lucio Nichts bringt mir vielleicht wieder ein Lebenszeichen von Marie ein. Wahrscheinlich nicht in den nächsten Wochen, Belohnungen kommen meist spät, aber das ist gleichgültig. Ich weiß, was ich hören werde.

Manchmal mache ich mir darüber Gedanken, warum der Rhythmus da ist. Es sind die Phasen, in denen ich zur Ruhe komme und überhaupt die Möglichkeit habe, nicht nur an Marie, sondern über sie nachzudenken. Ich war nicht immer glücklich mit ihr, aber ich habe es vermieden, ihr weh zu tun. Heute könnte ich es nicht ertragen, wenn ich es jemals getan hätte.

Ja, dieser Rhythmus klingt, als habe jemand ihr Atmen aufgenommen. Als spiele er das Tonband immer wieder ab, an anderer Stelle zwar, aber manchmal wiederholt sich ein bestimmter Ausdruck in dem Schluchzen, und dann erkennt man, dass es ein Band ist.

Es gibt noch eine andere Möglichkeit, aber sie erscheint mir auch nicht plausibel.

Es fällt mir schwer, das zuzugeben, denn es klingt so – irrsinnig, aber ich kann mich nicht erinnern, wie sie Maria damals holten. Ich glaube, sie verschwand ohne viel Aufhebens, ohne, dass Maskierte sie in einen Wagen zerrten und mit quietschenden Reifen von unserem Haus davonrasten, beobachtet von einem Hausmädchen oder einem Rentner, der gerade zufällig hinter der Gardine gestanden hätte.

In belebten Städten mache ich manchmal meine kleinen Versuche. Bis jetzt reicht meine Konzentration noch dazu, aber ich weiß nicht, wie lange noch.

Ich mische mich unter die Passanten, wenn wieder ein Anruf bevorsteht. Im Strom, auf einem Platz oder einer belebten Straße, warte ich, bis es klingelt.

Doch den Menschen fehlt die Zeit, sie sind in Gedanken. Warum sollten sie mir Beachtung schenken, ich bin nichts Besonderes, wie ich da vor dem Telefon stehe.

Meine Versuche sind sinnlos, irgendwann werde ich es bestimmt einsehen, denn sie können zu keinem befriedigenden Ergebnis führen. Nur weil die Leute nicht hinschauen, wenn es klingelt, bedeutet das nicht, dass sie es nicht hören; dass es nicht dort ist.

Es bedeutet noch lange nicht, dass nur ich allein es höre.

Damaskus ist eine lebendige, alte Stadt, aber auch eine, die einen erdrückt und nicht atmen läßt. Kennen Sie dieses Gefühl? Wien ist herrlich, und Lissabon. Weiter im Süden, Suez, Alexandria, selbst Siwa, dieser grauen Ruine, kann man etwas abgewinnen, wenn man ein paar Tage Zeit hat, sich dort umzusehen.

Auf der ägyptischen Seite des Mittelmeers westlich von Port Said findet man Siedlungen, in denen sie Albino-Kinder verkaufen. Sie sehen zerbrechlich aus, wenn sie von einem Fuß auf den anderen treten, so als seien sie aus Porzellan. Es werden längst andere sein als die, die damals auf mich zutrotteten, weil sie ihrem Befehl folgten, ihre eigene kleine Reise anzutreten.

Es klingt danach, aber das Ende ist einem dort nicht halb so nahe wie in manchen Gegenden Europas, vor allem im Landesinnern von Frankreich. Fahren Sie von Marseille aus nordwärts, aber nehmen Sie nicht die Autobahn, sondern eine der ersten Abzweigungen, an der ich eines Tages wieder halten werde, in die Wüste, dann wissen Sie, was ich meine.

Sascha Pranschke
Man kann auch woanders Eis essen

Herr Gaglianis Laden riecht wie ein Krankenhaus. »So sollte keine Eisdiele riechen«, sagt Franzi. Und ich finde, sie hat Recht.
 Herr Gagliani drückt unsere Eiskugeln in die Waffeln. Er ist größer als mein Vater und breiter als Franzis Vater. Wenn er durch die schmale Tür hinter dem Tresen geht, muss er sich zur Seite drehen und den Kopf einziehen, weil er sonst nicht durchkommt. Die Tür steht immer offen, nur ein Vorhang aus blauen Perlen trennt das Hinterzimmer vom Laden.
 »Da kommt der Geruch her«, flüstert Franzi mir zu, als wir unsere Waffeltüten in die Hände gedrückt bekommen haben und Herr Gagliani das Wechselgeld aus der Kasse kramt. Ich nicke und rieche an meinem Eis: Waldmeister. Franzi nimmt immer Pfefferminze. Das Eis riecht gut, und ich fange an, es mit der Zunge rund zu lecken. Trotzdem ist der Geruch des Ladens noch stärker.
 Einmal habe ich mit meinen Eltern meine Großmutter im Krankenhaus besucht. Sie lag mit zwei anderen Frauen in einem schmalen Zimmer, in dem es nicht genug Stühle für uns drei gab. Ich musste auf der Bettkante sitzen. Meiner Großmutter machte das nichts aus, sie schlief die ganze Zeit. Auch die anderen beiden Frauen schliefen. Ich sah mir die Bilder an, die den Betten gegenüber hingen: Tautropfen auf einer Blüte, schneebedeckte Tannen und ein Gebirgsbach, vor jedem Bett ein Bild. Wenn meine Eltern etwas sagten, flüsterten sie, weil sie meine Großmutter und die anderen Frauen nicht aufwecken wollten. Fast wäre ich auch eingeschlafen. Herr Gaglianis Laden riecht wie das Krankenzimmer.
 Er lächelt und sagt: »Buon appetito!«, als er uns das Wechselgeld über den Tresen reicht. Auf seiner Handfläche sehen die Münzen zu klein aus. Unter den Achseln ist der weiße Stoff seines T-Shirts dunkler. Franzi sagt: »Grazie!«, das hat sie im Urlaub gelernt. Ich sage nichts, nehme das Geld aus der warmen Handfläche und sehe an Herrn Gagliani vorbei. Neben dem blauen

Perlenvorhang, der den Laden vom Hinterzimmer trennt, hängt ein breiter Spiegel an der Wand. Ich weiß aus dem Fernsehen, dass es Spiegel gibt, durch die man von hinten hindurchsehen kann. Ein Luftzug bewegt den Vorhang, und die Perlen klirren aneinander. Ich stecke das Geld in meine Hosentasche, wir drehen uns um und gehen aus dem Laden.

Franzis Vater hat schwarze, fettige Haare. »Das ist Absicht«, sagt Franzi. »Er hat die Frisur vom King.« Sie erklärt mir, dass der King der größte Musiker aller Zeiten war. »Jetzt ist er tot«, sagt sie. »Aber mein Papa hat alle seine Platten.«

»Ist dein Vater auch Musiker?«

»Nein. Er verkauft Lebensversicherungen.«

Ich denke nach. Wir sitzen auf dem Zaun vor dem geöffneten Garagentor von Franzis Vater und lecken an unserem Eis. Unter dem Auto ragen zwei Beine hervor. Ich frage mich, ob Franzis Vater aus diesem schmalen Spalt wohl wieder herauskommt, weil er ja so dick ist. Er will einen Ausflug mit uns machen, aber irgendwas an dem Auto ist nicht in Ordnung. Das Auto hat kein Dach, es ist breit und rosa, so rosarot wie das Himbeereis in Herrn Gaglianis Laden. Franzis Vater summt ein Lied, dabei wackeln seine Füße von einer Seite zur anderen.

»Kaufen viele Leute solche Lebensversicherungen?«, frage ich Franzi.

»Nicht genug, sagt mein Papa.« Franzi saugt den letzten Pfefferminzeisklumpen aus ihrer Waffel und wirft den angekauten Waffelrest in die Gosse.

Ich frage mich, warum nicht alle Leute bei Franzis Vater Sicherheit für ihr Leben kaufen. Zwei Tage nachdem wir meine Großmutter im Krankenhaus besucht hatten, starb sie. Ich lecke an meinem Eis, das in der Sonne schmilzt und mir grünklebrig über die Finger läuft, und rieche wieder die Luft in Herrn Gaglianis Laden. Für einen Moment sehe ich den Spiegel an der Wand zum Hinterzimmer vor mir. Dann erscheint Franzis Vater in dem Spiegel, tritt mit schwarzen, öligen Haaren und schwarzen, öligen Händen daraus hervor und sagt:

»Okay, let's go! Ich zieh mich nur schnell um.«

Er wischt sich die Hände an der Jeans ab und geht ins Haus. Wenn er den Leuten seine Versicherungen verkauft, hat er nicht so viel Fett in den Haaren. Er trägt dann einen dunkelgrauen

Anzug und gestreifte Krawatten. Als er wieder aus der Haustür tritt, hat er die Haare frisch zurückgekämmt. Seine Hände sind sauber und auf mehrere Finger hat er dicke Ringe gesteckt. Er trägt weiße Schuhe, eine weiße Hose, ein weißes Hemd mit Rüschen und eine große schwarze Sonnenbrille. Er fährt das rosarote Auto aus der Garage, stößt mit ausgestrecktem Arm die Beifahrertür auf und sagt:

»Alles einsteigen!«

Der Beifahrersitz ist so breit, dass wir beide darauf Platz haben. Ich will die Sitzbezüge aus weißem Leder nicht anfassen, weil meine Finger von dem Waldmeistereis klebrig sind.

Franzi zündet beide Zigaretten auf einmal an. Sie sagt »Kippe« dazu und gibt mir eine. »Du musst richtig einatmen, nicht den Rauch im Mund behalten!«

Ich atme ein und huste.

Franzi sagt: »Nicht so laut, sonst wacht er auf.«

Ihr Vater liegt auf dem Rücksitz des Autos und schläft. Eine dunkle Haarsträhne liegt über seiner Nase. Wenn er ausatmet, bewegen sich die Haarspitzen.

Franzi hat die Kippen aus dem Handschuhfach geklaut. »So!«, sagt sie und macht es mir vor. Als sie den Rauch wieder ausbläst, ist er ganz blass und dünn.

Ich versuche es noch einmal und muss gar nicht husten. »Davon kriegt man Krebs«, sage ich.

»Wer sagt das?«

»Meine Eltern.«

»Mein Papa sagt, er hat mit zwölf angefangen.«

Wir sehen zu ihrem Vater hinüber. Seine Füße in den spitzen weißen Schuhen baumeln über die Autotür. Dahinter geht es steil den Hang hinunter. Mir wurde schwindlig, als ich vorhin nach unserem Haus Ausschau hielt. Franzis Vater zog mich am Arm zurück. »Was soll das denn werden? Live fast, die young?«, fragte er. »Okay, aber bitte nicht so jung!« Nachdem wir unsere Brote gegessen hatten, steckte er eine Cassette in das Autoradio und legte sich auf den Rücksitz. Beim zweiten Lied, Falling in love with you, schlief er ein.

Ich beobachte das Zittern der Haarsträhne über seiner Nase. »Zwölf«, sage ich und puste den Rauch aus. »Kannst du dir das vorstellen? Dass er mal so alt war wie wir?«

»Er sagt, mit zwölf hat er sich auch die ersten Platten vom King gekauft. Dann muss er ja mal so alt gewesen sein!«

»Stimmt«, sage ich.

Wir sitzen in der Sonne. Kein Wind geht heute. Ich schwitze. Von unten, wo am Fuß des Hanges die Stadt beginnt, hören wir ein gleichmäßiges Rauschen. Ich atme den ekelhaften Rauch ein, schließe die Augen und sehe Autos die Straßen entlang fahren, eins hinter dem anderen. Doch ich sehe nicht den Abhang hinunter.

Franzi schnippt ihre Kippe über die Kante. »Was heißt das eigentlich: Krebs?«, fragt sie.

Ich werfe meine nur zur Hälfte gerauchte Zigarette hinterher. Sie bleibt im langen Gras vor dem Abhang liegen. »Ich weiß nicht so genau«, sage ich. »Ich glaube, das heißt, dass einer stirbt.«

»Ersticken«, sagt Franzi.

»Was?«

»Wenn's vom Rauchen kommt, meine ich. Ersticken vielleicht.«

Ich sage nichts. Meine Großmutter hatte einen dünnen Schlauch in der Nase, als wir sie im Krankenhaus besuchten. Mit einem Pflaster war er auf der Wange festgeklebt. »Ja«, sage ich. »Vielleicht.«

Franzi lehnt sich zurück, stützt sich auf ihren Ellenbogen ab und beginnt Grasbüschel auszureißen. »Schon mal gesehen?«, fragt sie.

»Was gesehen?«

»Dass einer stirbt.«

Ich sehe zum Auto hinüber. Von hier unten sieht man nur die Füße, den Bauch und das Gesicht von Franzis Vater. Hinterkopf, Rücken und Beine verschwinden in dem Auto wie in einer Kiste. Als wäre er eine meiner Handpuppen in dem großen Schuhkarton, denke ich. Sein Bauch bewegt sich genau so gleichmäßig wie die lange Haarsträhne über seiner Nase. Wenn der Bauch sich hebt, sind die Haare ganz ruhig, wenn er sich senkt, beginnen sie zu zittern.

»Nein«, sage ich. »Noch nie.«

Franzis Fuß trifft mich in der Seite. Sie liegt am Boden, krümmt sich und zappelt mit Armen und Beinen. Dazu schnauft sie laut. Ihre Nasenlöcher sind mit fingerdicken Grasbüscheln verstopft.

»Hilf mir!«, ruft sie. »Ich ersticke!« Dann muss sie lachen. Ich lache auch. Wir rollen im Gras hin und her, halten die Luft an und verdrehen die Augen dabei, bis wir rot anlaufen und Franzis Vater aufwacht.

Sandro war jetzt seit zwei Monaten nicht mehr in der Schule. Franzi sagt: »Der kommt nicht wieder.« Ich weiß nicht genau, wie sie das meint.

Auf dem Rückweg kommen wir an dem Laden seines Vaters vorbei. »Noch ein Eis?«, fragt Franzis Vater, obwohl er weiß, dass wir heute schon eins hatten. Er parkt sein rosarotes Auto auf dem Bürgersteig vor der Eisdiele und schaltet das Radio aus, gerade als der King Viva Las Vegas singt. Mitten im Refrain, nach einem langen »Vivaaa …« wird er abgedreht.

Die dunklen Flecken unter Herrn Gaglianis Achseln sind größer geworden. Er kommt durch den blauen Perlenvorhang und wischt sich mit dem Handrücken Schweiß von der Stirn. Mit ihm kommt der Krankenhausgeruch.

»Zum zweiten Mal heute?!«, sagt Herr Gagliani und lächelt.

Franzis Vater sagt. »Ich hatte meine Portion noch nicht.«

Herr Gagliani beugt sich über die verschiedenen Eissorten in den silbernen Blechbehältern. Hinter ihm schaukeln die Fäden des Vorhangs immer langsamer hin und her. Nur ganz selten klirren die Perlen dabei leise aneinander.

Wir bestellen unser Eis. Franzis Vater nimmt vier Kugeln: Schokolade und Eierlikör.

»Wie geht's Ihrem Jungen?«, fragt er.

Herr Gagliani sieht in die Kassenschublade, als schaue er dem Geld hinterher. »Er schläft viel«, sagt er schließlich und nimmt das Wechselgeld heraus.

Sandro sah schon immer schwach aus: klein und dünn, als gehöre er mindestens eine Klasse unter uns. Einmal schrieb er Franzi einen Liebesbrief. Sie zeigte ihn mir und lachte dabei. Ich lachte auch, obwohl ich eifersüchtig war. Als er nicht mehr zur Schule kam, hat es ein paar Tage lang kaum jemand bemerkt. Irgendwann erzählte unsere Lehrerin, Sandro liege im Krankenhaus. Eine Weile später sagte jemand, er sei wieder zu Hause, könne aber noch nicht zur Schule gehen. Wir vermissten ihn nicht und vergaßen ihn schnell. Nur wenn wir Eis kauften, wurden wir an ihn erinnert.

Franzis Vater nimmt das Wechselgeld und sagt: »Ich wünsche Ihnen, dass alles wieder gut wird!«

Franzi und ich lecken schon an unserem Eis. Wir haben jeder nur zwei Kugeln bekommen.

Herr Gagliani sieht uns an, wartet einen Moment und sagt dann: »Sandro darf Besuch bekommen. Er ist zwar sehr schwach, aber ...« Er sieht wieder hinunter in die Kassenschublade. Mit den Oberschenkeln schiebt er sie zu und sagt: »Ciao!«

Franzi und ich drehen uns um und sagen nichts, ihr Vater sagt auch: »Ciao!« und öffnet die Ladentür. Wir hören, wie durch den Luftzug der Perlenvorhang bewegt wird. Im Auto hören wir Viva Las Vegas zu Ende.

Sandro hat die Augen geschlossen. »Meinst du, er schläft?«, flüstert Franzi. Ich hoffe es. Ich nicke.

Wir sind nach der Schule in die Eisdiele gegangen.

»Waldmeister und Pfefferminze?«, hat Herr Gagliani gefragt.

Ich habe den Kopf geschüttelt.

Franzi hat gesagt: »Sandro.«

Neben uns klirren die Perlen aneinander. Herr Gagliani schiebt den Vorhang zur Seite und kommt mit zwei großen Eisbechern herein. Auf dem Eis türmt sich Sahne, darin steckt eine dreieckige Waffel.

»Sandro hat Schwierigkeiten mit dem Essen. Darum auch der Schlauch«, sagt er und zeigt auf den dünnen Schlauch, der in Sandros Nasenloch verschwindet. »Aber lasst es euch ruhig schmecken!« Er lächelt und streckt seine Hände mit den Eisbechern über die Bettdecke.

»Ist der Schlauch nicht zum Atmen?«, frage ich.

»Nein, der geht in Sandros Magen.«

Wir greifen nach unserem Eis und fangen an zu löffeln.

»Kann er uns hören?«, fragt Franzi mit vollem Mund.

»Im Moment schläft er.«

»Das wollte ich nicht wissen«, flüstert Franzi mir zu, als Herr Gagliani durch den Vorhang in den Laden zurückgeht, um neue Kunden zu bedienen. Heute ist es noch heißer als gestern, die Warteschlange reicht bis zur Tür.

Sandros Hände liegen auf der Decke. Sie sehen blau aus. Bestimmt eiskalt, denke ich, doch ich traue mich nicht, sie anzufassen. Sein Kopf ist ein bisschen zur Seite gedreht, der Mund einen

Spalt geöffnet. Wir sind still, trotzdem können wir seinen Atem nicht hören. Aber ganz langsam sehen wir seine Brust sich unter der hellblauen Decke auf und ab bewegen.

Damals im Krankenhaus fing meine Großmutter plötzlich zu schnarchen an. Richtig laut. Zuerst sagte keiner was. Dann musste ich lachen, und mein Vater schimpfte mit mir. Aber ich konnte nicht mehr aufhören, das Lachen wurde immer schlimmer, und schließlich schickte meine Mutter mich vor die Tür. Ich habe meine Großmutter danach nicht mehr gesehen, weil ich draußen blieb, bis meine Eltern kamen, und sie zwei Tage später starb.

Franzi steckt ihren Löffel in das Eis und streckt die Hand nach Sandro aus. Sie sieht mich an.

Ich nicke.

Sie nimmt Sandros Unterkiefer in die Hand und drückt ihn nach oben, bis die Lippen sich schließen.

Ich nehme ihr den Eisbecher aus der Hand und stelle ihn zusammen mit meinem auf das kleine Tischchen, auf dem die Medikamente stehen. Ich möchte Sandro nicht berühren. Also ziehe ich die Löffel aus dem Eis, lecke Waldmeister und Pfefferminze herunter und trete, in jeder Hand einen Löffel, von der anderen Seite an sein Bett heran. Die blankgeleckten Wölbungen der Löffel drücke ich rechts und links auf seine Nasenlöcher. Ganz sanft. Die Nasenlöcher passen sich den Wölbungen an. Franzi hält noch immer seinen Unterkiefer.

Als seine Brust sich nicht mehr auf und ab zu bewegen scheint, nimmt Franzi ihre Hand herunter, danach nehme ich die Löffel weg. Es dauert einen Moment, dann hören wir einen langen, leisen Seufzer und sehen, wie Sandros Brust sich wieder hebt und senkt, ein bisschen schneller jetzt.

Im Laden hören wir Herrn Gagliani mit seinen Kunden reden. Jemand macht einen Witz, und alle anderen lachen. Herr Gagliani spricht mit einer tiefen, aber leisen Stimme. So lacht er auch.

Ich sehe Franzi an, und sie hält wieder Sandros Mund zu. Diesmal drückt sie nicht einfach die Unterlippe nach oben, sie drückt ihre Handfläche ganz auf den Mund. Ich lege die Löffel in die Eisbecher zurück. Mit Daumen und Zeigefinger drücke ich seine Nasenlöcher zu.

Es geht schneller als beim ersten Mal. Nachdem er ganz ruhig geworden ist, warten wir noch einen Moment. Dann nehmen wir unsere Hände weg. Kein Seufzen diesmal. Ich sehe auf seine Hände. Die Finger haben sich in die hellblaue Decke gekrallt.

Franzi sieht mich an. Wir sagen nichts. Ich gebe ihr den Becher mit Pfefferminzeis.

Die Perlen des Vorhangs klirren aneinander.

»Schläft er noch?«, fragt Herr Gagliani.

Wir nicken beide.

»Am besten ihr besucht ihn noch mal an einem anderen Tag. Vielleicht ist er dann wach.«

Ich schiebe mir den letzten Löffel voll Eis in den Mund. Herr Gagliani nimmt uns die Becher ab und hält den Vorhang auf. Als wir unter seiner Achsel hindurchgehen, hören wir ein tiefes Seufzen und das Rascheln der Bettdecke.

»Ich glaub, jetzt wacht er auf«, sagt Herr Gagliani. »Wollt ihr doch noch bleiben?«

Wir sind schon an der Ladentür.

Herr Gaglianis Laden riecht noch immer wie ein Krankenhaus. »So sollte es hier längst nicht mehr riechen«, sagt Franzi. Und damit hat sie Recht. Denn schließlich liegt er schon seit Wochen nicht mehr im Hinterzimmer.

Franzis Vater fuhr mit uns zur Beerdigung. Er trug einen seiner dunkelgrauen Anzüge, in denen er Leben versichert. Doch mit dem rosaroten Auto fielen wir auf dem Friedhofsparkplatz trotzdem auf. Seit unserem Krankenbesuch war eine Woche vergangen.

Es war einer der letzten richtigen Sommertage. Draußen brannte die Sonne auf die alten und auf die frischen Gräber, aber in der Kapelle war es kühl. Durch die schmalen, bemalten Fenster drang kaum Licht. Auf dem Altar und an den Säulen brannten dicke, weiße Kerzen.

Mir war kalt, und ich war froh, nach dem Trauergottesdienst wieder ins Freie zu kommen. Am Grab schüttelte Herr Gagliani Franzi und mir die Hände.

»Schön, dass ihr nochmal bei ihm wart«, sagte er. »Danach ist er nur noch zweimal aufgewacht. Danke!«

Wir nickten und sagten nichts. Im Auto schob Franzis Vater eine Cassette rein: Be Bop A Lula.

Wenn ich in der Eisdiele stehe und der Geruch von Medikamenten in meine Nase steigt, während Herr Gagliani eine Extrakugel Waldmeistereis in meine Waffel drückt, versuche ich immer, an das Krankenzimmer meiner Großmutter zu denken und nicht an unseren Besuch bei Sandro. Ich frage mich, ob es nur Franzi und mir auffällt, oder ob andere Leute es auch riechen. Kann es sein, dass Herr Gagliani es gar nicht riecht?

Über den Tresen reicht er mir mein Eis. Wenn ich ihm das Geld geben will, schüttelt er den Kopf, lächelt und steckt die Hände in die Hosentaschen. Im Spiegel hinter ihm sehe ich einen dunklen, feuchten Fleck auf seinem T-Shirt, er zieht sich lang den Rücken hinunter. Daneben klirren die blauen Perlen aneinander, wenn ein Luftzug den Vorhang bewegt.

Wir gehen nicht mehr oft dahin. Franzi sagt: »Man kann auch woanders Eis essen.«

Katrin Reich
Die goldene Welt

Es ist ein Glück, dass Mutter das Röhrenradio bekommen hat. Wie genau, weiß ich auch nicht, aber ich vermute, dass es Holzbein-Paule zusammengebaut hat, der kann so was. Sicherlich hat er ihr einen Gefallen tun wollen, weil sie sich damals um seine kranke Tochter gekümmert hat. Mutter sagt, es sei ein Glück gewesen, dass er nach seinem Bein und dem Krieg nicht auch noch die Tochter verloren hätte. Aber bei Mutter wird jeder gesund, ich weiß es am besten, nur gegen verlorene Beine kann sie leider nichts ausrichten.

Auf jeden Fall haben wir jetzt ein Röhrenradio. Obwohl sich so etwas nur die feinen Leute leisten können, wie Mutter sagt. Also, ich finde, dass wir feine Leute sind. Ja wirklich – Mutter hat immer betont, dass die Gesinnung einen Menschen adelt. Also gehört sie zum Hochadel, nach ihrem Ausspruch jedenfalls. Ob ich auch dazu gehöre, weiß ich nicht. Aber bei mir reicht es mit Sicherheit zu den sogenannten feinen Leuten.

Plötzlich stand er da, der seltsame Kasten mit der blitzenden Röhre und dem lustigen Trichter, stand da in der guten Stube und ich konnte gar nichts mehr anderes, als feuchte Augen zu bekommen und mich in Mutters Arme zu werfen, aber sie hält mich längst nicht mehr aus, deshalb kippte sie ein wenig nach hinten und rief, aber, aber, Kind.

Sie macht nicht nur aus uns vornehme Menschen, sie macht auch aus unserer Wohnung ein Schloss. Na ja, beinahe jedenfalls. Wir haben eine gute Stube, obwohl es nur diese eine gibt, eine Wohnküche, obwohl sie nicht größer ist als andere Küchen, ich schlafe in ihr, einen Wintergarten, das sind die Blumenkästen vor den Fenstern, und ein Entree, das ist unser winziger Flur. Auf dem Hof ist es immer laut, sie nennt es Unterhaltung. Wenn ich bei der großen Wäsche immerzu Wasser schleppen soll, sagt sie, siehst du, das ist sportliche Übung, ganz umsonst, wo doch Sport jetzt so modern geworden ist. Meine Beine sind auch ziemlich stramm, weil ich nicht nur Wasser schleppe, sondern auch ständig welches zwei Treppen hinunterbringe, meine Blase ist schwach. Mutter sagt, das käme, weil ich so ein nervöser Pinsel sei. Ich frage mich nur, warum gerade Pinsel nervös sein sollen. Sie machen von selbst überhaupt nichts und liegen nur herum. So bin ich nicht. Ganz und gar nicht. Heute gehe ich zum ersten Mal aus. Mit einem Herren.

Die Küche und die Stube sind in reißende Musik getaucht. Sie spielen im Radio wirklich Jazz, wo man das doch sonst nur in diesen Tanzlokalen zu hören bekommt, die ich zu gerne mal sehen würde. Jetzt ist unsere Wohnung ein wenig Tanzlokal. Ich finde es seltsam, dass Musik jetzt unabhängig von Musikern irgendwo sein kann. So wird die Musik noch geheimnisvoller. Sie muss einfach die Freiheit haben, überall sein zu können.

Mutter hat das Radio nach einer Woche in die Küche gestellt, wo man es zum Kartoffeln Schälen und anderem Langweiligem gut brauchen kann, in der guten Stube verkommt es nur.

Ich habe lange Zeit an den Knöpfen gedreht, bis ich die Jazzmusik gefunden habe. Sie lässt mich ganz aufgeregt werden, schon zweimal musste ich wegen ihr die Treppen hinunter. Mutter mag keinen Jazz. Aber jetzt ist sie arbeiten. Spätschicht. Diese neue Arbeit bringt alles durcheinander. Ich muss alleine kochen und aufstehen. Vormittags immerzu leise sein, damit sie schlafen kann. Sie hat müde Augen bekommen und graue Haut. Der Betrieb schließt nie, und sie ist einen vollständigen halben Tag dort, 12 Stunden. Viel zu viel, finde ich. Aber jetzt kann ich ausgehen. Heimlich. Sie wäre nur traurig, wenn sie es wüsste, genauso traurig, wie sie es war, als ich mit kurzen Haaren nach Hause kam, und das will ich nicht. Noch immer sagt sie, dein schönes Haar, andere Frauen wären froh, wenn sie solche Haare hätten. Dann sage ich, andere Frauen tragen jetzt die Haare kurz. Du bist aber noch keine Frau, sagt sie. Was bin ich dann, sage ich.

Ein Fräulein muss ich auf jeden Fall sein, sonst hätte mich der Herr nicht eingeladen.

Den Anzug habe ich von Grünspans Aron von nebenan. Den trage ich heute Abend. Ich muss den Gürtel sehr eng schnallen, damit er passt.

Grünspans sind Juden. Hier wohnen viele Juden. Mein Vater ist auch einer, so wie Großmutter, an die ich mich kaum erinnere.

Mutter hat mir erzählt, dass mein Vater eine feine Praxis am Stadtrand hat. Irgendwann finde ich heraus, wo er wohnt, und dann gehe ich zu ihm und sage, ich bin deine Tochter, und dann wird er mich schön finden und klug und wird gerührt sein, und dann wird er mich in die Arme schließen und Mutter und mich zu sich holen. Sicherlich hat er eine elegante Wohnung mit vielen Zimmern und elektrischem Licht und einer Köchin. Dann müsste ich keine Kartoffeln mehr schälen. Dann wäre alles gut. Mutter wäre stolz auf mich und dankbar, dass ich uns hier rausgeholt habe. Vorerst darf sie aber nicht wissen, dass ich Vater suche. Sie ist ja immer so bedrückt, wenn sie von ihm spricht. Aber ich werde machen, dass alles anders wird. Mutter bekommt schöne Kleider und ich werde Helferin in seiner Praxis, dann haben wir Geld und die Leute reden sowieso vom Aufschwung. Und in zehn, zwanzig Jahren habe ich selber eine reiche Familie und viele liebe Kinder und einen schönen Mann dazu. Vielleicht der Herr, der mich heute ausführt.

Mit dem Anzug sehe ich verwegen aus und atemberaubend, so, wie die Fräuleins auf den Fotos. Ich betrachte mich lange vor dem kleinen Spiegel auf der Kommode, stelle mich auf einen Stuhl, um auch die untere Hälfte von mir sehen zu können. Als ich wieder heruntersteige und in mein Gesicht blicke, finde ich es plötzlich doch nicht mehr so atemberaubend. Da fehlt was.

Da kommt mir eine Idee. Ich nehme rote Bete und reibe den Saft in die Lippen. So sehen sie blumig aus, leider auch meine Finger. Ich versuche, das Rot von ihnen abzuwaschen, was sogar teilweise gelingt. Dann pflücke ich, so dass man es nicht merkt, eine einzige Blume aus dem Kasten vorm Fenster ab und stecke sie ins Knopfloch. Zum Schluss mache ich die vorderen Haare nass und drehe sie mit dem Stiel von einem Holzlöffel auf. Wenn sie getrocknet sind, habe ich Wellen.

Nach einer halben Stunde bin ich wirklich zufrieden mit mir. Ich bin ganz verändert. Nun gehe ich schnell los, sonst muss der Herr zu lange warten.

Er steht schon an der Ecke unter der Linde. Er haucht mir einen Kuss auf die Wange, und es kitzelt bis in die Kniekehlen. Er sagt, schön, dass du kommst. Ich reiße mich zusammen und kämpfe das Kitzeln nieder und sage, du wartest hoffentlich nicht schon lang.

Er hakt mich unter, ich spüre seinen festen Oberarm. Es wird dunkel. Wir gehen, bis wir auf belebtere Straßen kommen. Ich sehe leuchtende Schrift und blinkende Lichter. Ein paar Autos brummen an uns vorbei. Ich bin so aufgeregt, dass ich schon wieder muss, aber das kann ich ihm schließlich nicht sagen.

Ich freue mich, so verändert zu sein. Kein Bekannter meiner Mutter würde mich erkennen. Ich bemühe mich, beim Gehen verführerisch mit den Hüften zu schaukeln und träume ein wenig von meinem vornehmen Vater. Ich achte nicht auf den Weg und schließlich weiß ich nicht mehr, wo wir eigentlich sind.

Der Herr hat einen braunen Anzug an und eine Schiebermütze auf. Von weitem könnte man uns für zwei Herren halten. Sehr absurd und anrüchig. Ich muss mir vorstellen, wie zwei Männer sich küssen, und kann es gar nicht und fange an zu kichern und er fragt mich, warum ich so kichere, und ich lüge, ich wüsste es auch nicht, und er sagt, dass Weiber immer kichern, und ich sage, wenn Männer mehr kichern als fluchen würden, fände ich das sehr sympathisch, aber er will wissen, was nun so komisch sei, und ich antworte, wenn zwei Männer sich küssen, und er sieht mich nur seltsam von der Seite an.

Wir biegen in einen Hof und gehen durch eine Tür, die gar nicht aussieht, als würde sich hinter ihr ein Tanzlokal befinden. Doch da ist eines, zumindest sieht es so aus. Musik rauscht uns entgegen und trägt Perlen von Gelächter mit sich. Viele zierliche Tische stehen um einen kleinen Platz in der Mitte, wo einige Paare wie Springbälle tanzen. Es gibt auch eine Bar mit hohen Hockern davor, wo entweder weitere Paare sitzen oder einzelne Herren, hinter dem Tresen ist ein hohes Regal mit vielen bunten Flaschen. Von den wenigen Wandlampen fällt weiches Licht in den Raum, ihre Schirme sind grün. Auf der kleinen Bühne sind fünf Musiker, ihre Instrumente sind wilde Tiere, die sie gezähmt haben. Die Luft ist rauchig und warm. Mein Begleiter zieht mich zu einem der runden Tische, und ich denke, dass ich mir so ein Lokal schon immer so vorgestellt habe.

Sehr galant schiebt er mir einen Stuhl zurecht, und ich setze mich, er sich auch. Ich bin sehr nervös. Er sieht mich an, als würden seine Augen Hände haben, die mir über mein Gesicht und den Hals hinunter streichen.

Gut siehst du aus, sagt er. Findest du, ja, frage ich, und meine Stimme kiekst nach oben. Ja, wunderschön, sagt er, und nimmt meine Hände zwischen seine, dort liegen sie wie in einem Nest. Dann verschränken sich unsere Finger ineinander. Ich bemerke noch Flecken von der roten Bete an meinem Zeigefinger, aber es ist zum Glück so schummrig, dass man es nur sieht, wenn man darauf achtet. Das Ziehen in meiner Blase wird unerträglich. Ich muss mich mal frisch machen, sage ich und lächle. Aber bleib nicht zu lang, sagt er mit erhobenen Brauen. Ich eile eine Treppe hinunter und finde dort das lang ersehnte Örtchen und Erleichterung.

Dort hängt auch ein Spiegel. Meine Lippen sind nicht mehr so farbig, wie sie es zu Hause waren. Dafür habe ich unwahrscheinlich rote Wangen. Das lässt mich zwar frisch aussehen, wirkt aber nicht sehr damenhaft. Die Blume im Knopfloch wird schon schlaff.

Als ich zu meiner Begleitung zurückkomme, stehen zwei Gläser auf dem Tisch, schöne Gläser mit einer goldenen Flüssigkeit, in der glitzernde Luftblasen aufsteigen.

Ich setze mich. Mir fällt auf, das die Fräuleins hier ganz anders aussehen als ich. Lange geheimnisvolle Wimpern, Lippen wie Blut, verzierte Kappen auf den Köpfen mit Federn und alles an ihnen schillert, lange Ketten, Kleider wie ein Windhauch. Ich fühle mich nicht mehr ganz so verwegen.

Was träumst du, sagt er, lass uns trinken, und hebt sein Glas. Ich hebe meines auch und bemühe mich, rätselhaft zu lächeln, und wir stoßen an, und die Gläser singen einen kurzen, zerbrechlichen Ton. Die Flüssigkeit kitzelt in meiner Nase und ich muss wieder kichern.

Was ist jetzt wieder, fragt er. Nichts, sage ich, und kichere weiter.

Er wendet sich ab, erblickt jemanden, eine zweite Schiebermütze, die sich zu uns an den Tisch setzt. Das ist Karl, sagt meine Begleitung, und das ist Fräulein Emma. Ich finde es lustig, dass mir Karl gleich als Karl vorgestellt wird, sage, guten Tag, Herr Karl, und nehme einen großen Schluck, der mir die Tränen in die Augen treibt.

Die Musik wechselt. Jetzt spielen sie doch wirklich Charleston. So unerhört und aufregend, dass es in meinen Füßen juckt und in den Beinen zieht, aber ich beherrsche mich.

Ich hoffe, dass mich keiner der beiden Herren zum Tanzen auffordert, Charleston kann ich nämlich nicht. Aber sie sitzen nur da und reden, und ich höre nicht hin, sondern beobachte die Paare auf der Tanzfläche. Es sind viele geworden, wirbeln herum wie der Wind. Plötzlich werde ich sehr froh, so froh wie noch nie in meinem Leben. Der Raum wird leicht wie die Musik. Die Frauen sind sehr schön. Wenn Herr Ferdinand mich wieder einlädt, habe ich auch so ein Kleid und Federn im Haar, das nehme ich mir vor.

Mein Glas ist leer und ich bekomme nachgeschenkt. Ich fühle mich sehr kultiviert. Ich bin nur einmal mit Mutter zum Essen ausgegangen, in das Lokal um die Ecke, das war einige Wochen nachdem sie die Arbeit gefunden hat. Das leisten wir uns jetzt mal, hat sie gesagt, und, das Glück findet immer zueinander, du sollst sehen, jetzt wird alles gut. Das denke ich auch. Sie hat mir sogar ein Kleid gekauft.

Aber es wird noch besser. Bald werden wir immer essen gehen können, jeden Sonntag, wenn sie will.

Ich muss lachen. Ist die Kleine nicht noch reichlich jung, fragt Herr Karl und nickt in meine Richtung. Mutter sagt immer, man ist so jung, wie man sich fühlt, und so alt, wie man sich denkt, antworte ich. Herr Karl sagt nichts. Mein Begleiter sagt, sie ist alt genug, sieht in meine Richtung und blinzelt, stimmt's, Süße, und streichelt meine Hand. Mir wird warm. Arons Anzug ist zu dick für diesen Raum.

Herr Karl zündet sich eine Zigarette an und bläst den Rauch in meine Richtung. Mir wird etwas übel. Ich will einen weiteren Schluck nehmen, aber mein Glas ist schon wieder leer.

Hat 'n ganz schönen Zug am Leib, die Kleine, sagt Herr Karl, und ich weiß nicht, was er meint. Aber hübsch bin ich schließlich, das sagen alle aus unserem Haus. Mein Glas wird noch einmal gefüllt.

Meine Augen drehen sich mit den Paaren, auch die Wände scheinen sich mit ihnen zu drehen.

Herr Karl holt eine kleine Dose aus seiner Tasche, darin ist ganz sauber aussehendes weißes Pulver. Er streut etwas davon auf seinen Handrücken, hält ein Nasenloch darüber und saugt es ein. Mein Begleiter macht es ihm nach. Ich sehe beide an.

Na, sagt Herr Karl und grinst mich an, willste auch was? Lass doch den Mist, zischt mein Begleiter. Klar will ich, sage ich, nur um ihm zu zeigen, wie verwegen ich bin, der Abend scheint ein richtiges Abenteuer zu werden. Eigenartige Dinge gehen hier vor sich, Dinge, von denen ich bisher nichts wusste, und ich glaube, dass Mutter von ihnen auch nichts weiß.

Herr Karl streut mir ein klein wenig von dem Pulver auf meinen Handrücken, und ich halte meine Nase darüber und atme ein. Mein Kopf rückt sich gerade, der Raum hält plötzlich an. Ich merke, wie das Nasenloch taub wird. Alles bekommt eine deutliche Kontur, meine Brust wird fest, ich spüre, wie mein Herz schnell und hart gegen sie wummert.

Ein Mann kommt auf uns zu, seine dunklen Augen sind zwei Angelpunkte, an denen ich mich festhalte, ein beruhigender Blick. Er nickt in meine Richtung, beugt sich zu den Herren hinunter, sagt etwas und verschwindet wieder.

Scheiß Juden, ruft Herr Karl, und weist in Richtung des Gegangenen. Aber das wird bald anders, setzt er hinzu.

Mein Vater ist Jude, sage ich, meine Stimme hört sich laut an. Mein Vater ist Jude, wiederhole ich, und ein feiner Mann in einer schicken Wohnung, und reich ist er auch, und ein Doktor, und bald gehe ich zu ihm und dann wird mein Leben richtig schön.

Du wirst dich noch wundern, sagt Herr Karl, und mein Begleiter bekommt ein ganz kleines Gesicht und wendet sich von mir ab.

Ja, ich werde mich noch wundern, sage ich, das wird alles wunderbar werden, wunderbar.

Die Musik setzt aus und wieder ein, ist nun weicher als vorher. Ich will ihn finden, und ich werde ihn finden, jetzt, ich weiß es genau. Ich muss nur meinen Füßen folgen, dann finde ich zu meinem Vater. Mutter kann dann nachkommen.

Ich laufe hinaus. Der Boden fühlt sich an, als läge er einen Zentimeter unterhalb meiner Sohlen. Die Tür fällt hinter mir zu, die Musik ist leise, wird mit jedem Schritt noch leiser, die frische klare Luft schneidet in meine Lungen.

Mit einem Mal weiß ich, dass ich ein außergewöhnlicher Mensch bin, ich, Emma Merz, und weiß, dass ich einmal Außergewöhnliches leisten werde, wie Kinder vor Krankheiten zu retten oder meiner Mutter eine Reise zu schenken oder viele Menschen glücklich zu machen.

Ich kann es. Jetzt gehe ich zu meinem Vater. Auf der Straße sehe ich mich um. Ich weiß nicht, wo ich bin. Aber das wird sich finden. Es wird sich alles finden. Ich gelange auf eine größere Straße, dort sind wieder Autos und blinkende Schilder, hoch über meinem Kopf.

Ich finde meinen Vater und die Zukunft wird gut. Es wird eine schönere Zeit anbrechen, in einer schöneren Welt. Nur noch Lachen und Freunde und Klugheit und gutes Essen. Eine goldene Welt.

Ich finde sie, ich kann es. Ich, Emma Merz.

Stephan Reich
Küsse und Rolltreppen / Manuela und die Mutter

1.

Am Anfang war das Nichts. Das erste was dann war – alleine inmitten des Nichts – war eine Rolltreppe!

Das liegt nicht daran, daß die Entstehung des Universums ziemlich unordentlich ablief oder daß *Gott* Rolltreppen für unheimlich wichtig hielt, sondern eher daran, daß es hier gar nicht um die Entstehung des Universums geht und daß es gar nicht Gott ist, der diese Geschichte erzählt, sondern ich. Wer also von meiner Exposition dazu verleitet wurde, anzunehmen, daß dies eine Erzählung von kosmischen oder biblischen Ausmaßen sei, den muß ich enttäuschen und bei dem möchte ich mich entschuldigen: Sorry!

Da haben wir also eine Unendlichkeit von einem schwarzen Nichts und mitten drin hängt die besagte Rolltreppe; es ist eine von jenen, deren Stufen aufwärts eilen.

Jeder meiner geneigten Leser dürfte Rolltreppen kennen – ergo kann ich mir sparen, sie näher zu beschreiben – sie sieht eben aus wie eine 08/15-Rolltreppe – eine von denen, die kleine Kinder dazu benutzen, in die falsche Richtung zu rennen, eine von jenen, die einer alten Dame die Gelegenheit gibt, sich so ungeschickt wie möglich mit ihrem Handwagen anzustellen, eine von jenen, die junge Liebende dazu zu motivieren scheinen, sich lange und ausdauernd zu küssen.

Wer kennt nicht das schöne Bild, wenn Verliebte Mund an Mund an einem vorbeischweben, die Augen geschlossen, die Wangen mit einem kuriosen inneren Zungenspiel hektisch ausbeulend ... – mitunter kann so ein Zungenspiel den Eindruck erwecken, daß sich zwischen die ohnehin aufgeregten Zungen zusätzlich noch ein paar wesentlich aufgeregtere Aale verirrt haben, die nun erfreut mit ihren klebrigen Genossen aalige Paarungsrituale vollziehen... so heftige Küsse gibt es!

In diesem Zusammenhang fasse ich gerade einen schönen Gedanken: Gibt eine Rolltreppe nicht einen treffenden Vergleich ab, für das, was mit uns *emotional* passiert, wenn wir küssen?

Will sagen: Fühlt sich Küssen nicht gerade so an, als ob man auf einer in die Unendlichkeit aufragenden Rolltreppe in den Himmel gehoben wird? Es geht höher und höher und immer höher in schwindelerregende Sphären, die Luft wird dünner und ebenso der Faden, mit dem wir an der Vernunft befestigt sind – er wird dünner, droht Faser für Faser zu zerspringen! Man könnte es auch so ausdrücken: Der Verstandesfaden wird zusehends kraftloser, unterliegt dem Zug der immer dicker und schaumiger aufgeschlagenen Speichelfäden, die uns fest an die Zunge des anderen fesseln; auf diese Weise miteinander verbunden, werden wir von der Vernunft fortgezogen, zieht er oder sie uns fort.

Und noch ein schöner Gedanke kommt mir in den Sinn – ich habe die Vision einer sinnvollen allegorischen Ausdeutung des folgenden Gleichnisses:

Ist das profane physische Stolpern des verträumt umherschauenden Kaufhausbesuchers, der allein die Rolltreppe hinaufgleitet, ist dieses Stolpern am Ende der eilenden Stufen, wenn die Treppe aufhört und der starre Untergrund anfängt und der Träumende ein Stolpernder wird – ist dieses Stolpern nicht vergleichbar mit jenem Stolpern der Liebenden am Ende der Treppe, die in den siebten Himmel der Liebe zu führen scheint? Der Träumende wird ein Stolpernder, ein stolpernd Herausgerissener (aus seinen Träumen Herausgerissener), ein stolpernd Verlierender (seine Würde Verlierender).

Mal sehen, ob dieses Gleichnis aufgeht ...

Erstens: Der durchschnittliche Liebende muß zum Fuße der Treppe gelangen – oft finden wir jenen Ort, an dem wir die erste Stufe hinauf erklimmen können, in uns vertrauten oder fremden Schlafzimmern! Jener Fuß, von dem ich rede, wird je nachdem mal schaumgummiert, mal federkernig sein und wird allgemeinsprachlich »Bett« genannt! Das kam jetzt vielleicht überraschend, deswegen wiederhole ich es nochmal: Das Bett ist im allgemeinen ein Ort, an dem man auf die Rolltreppe in den Himmel aufspringen kann.

Zweitens: Haben die Liebenden ersteinmal die Hindernisse auf dem Weg zur Treppe überwunden (all die Ängste und Mißverständnisse und was es noch so gibt), dann können sie dazu übergehen, allen Ballast, der ihnen auf dem Weg nach oben hinderlich sein könnte, abzulegen – jene lästigen, beschwerenden Kleiderschichten meine ich, die einen am Boden halten wie Fangschlingen, die ein wirkliches Davonschweben unmöglich machen. Zu allem Unglück werden jene hinderlichen Textilien in der Regel von den modernen Fabelwesen unserer Zeit bewacht, was die Sache nicht erleichtert. Jene Fabelwesen sind namentlich der gefürchtete klemmende Reißverschluß oder die viel zu großen Knöpfe bei viel zu kleinen Löchern oder einfach die Unerfahrenheit.

Wir merken: Das Besteigen der Rolltreppe in den Himmel ist nicht so einfach, was die Unerfahreneren unter uns aber nicht davon abhalten soll, es auch einmal zu versuchen.

Drittens: Also, liebe Liebende, gehen wir davon aus, daß ihr es auf die Treppe geschafft habt, eure Münder kleben zusammen und eure Zungen gebärden sich so wild wie ein Dutzend sexhungriger Aale, die jede Auffassung von Moral haben fahren lassen und die Orgie ihres Lebens zelebrieren. Schwindel im Kopf, Fischgewürm im Mund geht es die Treppe hinauf, das Schlafzimmerlicht ist auch aus und ihr müßt euch keine Sorgen darum machen, daß man eure Liebesgriffe entdeckt – auch Rettungsringe genannt – das sind Fettpolster auf den Hüften.

Nach einer Weile durchgleitet ihr die ersten Wolken, der Wille bis zum Ende zu gehen, hat sich inzwischen aufgerichtet und verfestigt, die Engel, die auch nicht mehr das sind, was sie mal waren, schauen euch ungeniert zu und rufen ab und zu etwas Zotiges – jetzt, liebe Leser ist der Moment gekommen, den Bogen zu schlagen zum Stolpern am Ende der Treppe und das geht so: Wir sind inzwischen so hoch, daß der Faden zur Vernunft längst gerissen ist, die Liebenden merken es nicht, aber die Fahrt auf der Treppe ist schneller geworden – und ihr Ende kommt ganz unverhofft, die Schwelle zum starren Boden, deren Name ein leidenschaftliches Bekenntnis ist, auf das eine erschreckte Korrektur folgt und dann ein vernichtendes Schweigen. Hören wir hin, vielleicht ist es lehrreich:

Dunkelheit, Stöhnen, das Bett knarrt. Seine Berührungen werden dringlicher. Sie keucht,

»Ich möchte mit dir schlafen, Thomas!« ... [Stille] ... »Scheiße!, ich meine natürlich ›Michael‹!«

Schweigen.

Keine Rolltreppe kann einen so schnell nach oben befördern, wie der freie Fall einen zurück auf den Boden der Tatsachen schmettert, gefolgt von der Frustration, die mit einem gehässigen Lächeln auf dem Gesicht noch ein paarmal nachtritt.

Aber diese Frau und dieser Mann sind nicht die Hauptfiguren unserer Geschichte – statt dessen: die Hauptfigur ist Manuela.

Manuela ist fünfzehn. Sie hat bisher weder Betterlebnisse gehabt, noch auf der Rolltreppe geknutscht – sie ist diejenige, die hinter den Knutschenden steht und ihnen neidisch zuschaut und sich vorstellt, wie es wäre.

Damit ist jetzt genug philosophiert und wir kommen zur Geschichte. Da hängt also unsere Rolltreppe im Nichts. Hab ich schon erwähnt, dass dieses Nichts schwarz ist? Ja? Sehr gut! Wir stellen uns vor: Rolltreppe vor schwarzem Nichts. Ruhig und beständig surren die Stufen nach oben.

Lösen wir die Geschichte aus, indem wir die Rolltreppe, die ich des Effektes wegen zweckentfremdete, dorthin zurücksetzen, wo sie hingehört: Ins Kaufhaus X.

Begeben wir uns dorthin ...

2.

Da sind wir liebe Leser: Es gibt hier nicht nur unsere Rolltreppe, sondern noch eine Menge andere. Kunden fahren auf- und abwärts; wir sehen außerdem Regale, Waren, ein paar eilende Menschen.

Unsere Hauptfiguren müßten gleich kommen. Wir stellen uns an das Ende unserer Treppe und warten auf sie, während wir auf die Heranschwebenden schauen. Was sehen wir? Wir sehen zwei kleine Kinder, die versuchen, den Strom der Stufen hinunterzuschwimmen und dabei eine alte Dame behindern, die mit Mühe und Not sich und ihren Handwagen an ihrem Platz halten kann. Dahinter zwei knutschende Teenager – denkt ihr das, was ich denke?

Die beiden sind aber nicht die beiden, auf die wir warten.

Schauen wir weiter. Da kommt allerlei Volk die Treppe hoch – nur unsere beiden Hauptpersonen nicht!

Dabei habe ich alles so gut geplant. Ich hoffe, sie nehmen nicht den Fahrstuhl. Und im richtigen Kaufhaus sind wir doch auch?! Ich werd ein bißchen nervös – das ist doch jetzt wohl nicht der Vorführeffekt!?

War nur Spaß – natürlich hab ich alles im Griff.

Ah, da kommen sie ja!

Zwei Frauen – oder eher: ein Mädchen und eine Frau. Das

Mädchen ist ungefähr 15 Jahre alt, die Frau ungefähr 40. Mutter und Tocher. Die Tochter nennen wir Manuela, die Mutter nennen wir »die Mutter«.

Richtig fröhlich sehen sie nicht aus – im Gegenteil – die Mutter blickt verdrossen, Manuela schaut finster. Da ist etwas vorgefallen. Was ist passiert? Nehmen wir uns schnell Manuelas Neuronennetze und schauen, welche Erinnerungsfische darin zappeln.

Ah, so ist das!

Licht aus, Vorhang auf, der Projektor beginnt zu summen – ich mach aus dem Geschehen einen Film. Einfach hinschauen.

Nein, zum Popcornholen ist jetzt keine Zeit mehr! ...

3.

Die Leser der Geschichte machen es sich in ihren Sesseln bequem. Schnarrend läuft der Film über die Rollen. Auf der Leinwand ist in Großformat eine Augenpartie zu sehen.

4.

[zu Haus]

Manuela schminkte aus der Haut um ihre Augen eine Fassung – nachtschwarzes Make-up trug sie auf, auch auf die Lider. Dann zog sie dunkle Spuren aus ihren Augenwinkeln in Richtung der Schläfen.

Sie hielt inne und betrachtete sich im Spiegel. Sie sah zwei Ringe, aus kaltem schwarzem Metall, die zwei funkelnde Brillanten einfaßten – ihre Augen! – zwei Sterne im unendlichen Dunkel der Nacht – darunter ihr grellroter Mund, wie ein geheimnisvolles, giftiges Tier – vielleicht ein Schmetterling – ja genau, ein Schmetterling!

Sie ließ ihn mit den Flügeln schlagen. Das gefiel ihr. Sie ließ ihn sich aufschwingen, aufschaukeln und ein bißchen in der Luft tanzen. Schmetterling, mein blutrotes Gift, es wird Zeit, daß du aufsteigst in die Nacht und mir ein Opfer suchst!

Ihr Wunsch war ihm Befehl. Er stieg höher hinauf, schaukelte unter den Sternen, unter den schwarzen Himmeln. Er hüpfte über Länder, er hüpfte über Meere, schaukelte über Straßen, schaukelte über Brücken, schwankte über Hütten, schwankte über Häuser – sie ließ ihn stahlfunkelnde Meere sehn, sie ließ ihn staubige Straßen sehen, sie ließ ihn Öde und Wildnis sehen.

Stille meinen Hunger, finde mir ein Opfer!

Einsam stand ein kleines Haus, eine Straßenlaterne daneben, Schnee. Ein Fenster. Irr schaukelte der Schatten des kommenden Todes an der Hauswand. Innen im Haus schlief ein kräftiger Mann auf dem Bett.

Der Schmetterling fand einen Spalt. Witternd ließ er sich nieder auf duftendem Haar, sanft ließ er sich nieder auf brauner Haut, giftig ließ er sich nieder auf der Knospe der Brust. Schwärze verdichtete sich über dem Opfer. Zwei blinkende Sterne stürzten herab, die zu Manuelas Augen wurden, unter denen der Schmetterling seinen Platz einnahm. Nieder sanken ihre geöffneten Lippen und schlossen sich über der nichtsahnenden Knospe, nieder sank ihr Haar wie ein Vorhang aus schwarzem Nebel, das was sie tat verdeckend. Kälte verströmte sie über der Brust des Schläfers, der sich in schweren Träumen wand. Manuela saugte und biß. Ein Stöhnen, ein Winden. Sie stach ihm ihre Zunge in die Brust wie eine Nadel. Augen weiteten sich im Schrecken – zu spät! Er faßte nach ihrem Gesicht, aber sie war nur noch Licht, das vor ihm zurückwich; eine Treppe hinunter, in einen Brunnen hinein. Der Mann folgte ihr, wollte sie hindern, lief wie besessen die Treppe hinunter und stürzte sich ihr hinterher in das steinerne Rund, fiel wirbelnd, wirbelnd, tauchte schließlich im Meer ihrer endlosen Seele ein. Er sank und sank, böses Wasser kam ihm in die Lungen – Begreifen; vergebliche Gegenwehr; zuckende Glieder; dann nichts mehr – nur noch im Wasser wogendes Haar, Haar um tote, schöne Augen, Haar, das im Heben und Senken des Meeres schlängelnd wogte, im Atmen des Meeres schlängelnd wogte.

Sie war ihm zum Verhängnis geworden.

Die Wasser drehten und wirbelten, riefen nach neuen Opfern.

Manuela wußte nicht, wie lange sie so gesessen hatte – durch den wohligen Schwindel hindurch, der sie erfaßt hielt, hörte sie ihre Mutter ihren Namen rufen.

Die Treppe dehnte sich wie im Traum vor ihr als sie langsam herunterschwebte; ihr ganzer Körper kam ihr vor wie elektrisiert und wenn sie die Fingerspitzen zusammenlegte, kribbelte es zwischen den Kuppen. Sie war eine Hexenmeisterin.

Ihre Mutter stand am Treppenabsatz und wartete. Sie sah ihrer kleinen, pummeligen Tochter entgegen, die mit einem merkwürdig nach innen gerichteten Blick die Treppe herunterstieg, die Augen eingerahmt von schwarzen Kreisen, die auf den ersten Blick wie zwei aus einer Schlägerei davongetragene Blutergüsse wirkten. Darunter lockte ein obzöner, grellroter Mund wie ein fauliges Versprechen. Genauso hätte sich die Mutter eine Hure vorgestellt, die in eine Schlägerei geraten war.

Das sagte sie auch; und sie fügte das Adjektiv wahnsinnig hinzu, das erschien ihr nämlich angebracht. Und: Wo lebst du eigentlich, Manuela? Komm zurück in die Realität! Des weiteren sagte sie, daß sie so nirgendwo hingehen würden und dass Manuela gut daran täte, sich den Dreck aus dem Gesicht zu waschen, wenn sie Kleider und Hosen und Schuhe wolle, die sie, die Mutter, ja schließlich bezahlen solle, was sie unwillig zu tun war, solange sich Manuela so unmöglich ausstaffiere.

Es versteht sich von selbst, daß daraus ein großes Geschrei und Gezeter resultierte, welches wiederum Türenknallen und Tränenströmen im Gefolge hatte und von einem langen leidenschaftlichen Schmollen abgeschlossen wurde, das wie ein gefährliches Feuer schwelte, jederzeit bereit, wieder in einen offenen Flächenbrand auszubrechen.

Doch es half alles nicht, am Ende siegte die Notwendigkeit – entweder geschminkt oder eingekleidet – so hießen die Alternativen und dazwischen gab es nichts. Also gab Manuela zähneknirschend nach, im Innersten voller Haß und Widerwillen und schwor sich, nichts zu vergessen, die Erinnerung in sich zu tragen, wie in Steinplatten gemeißelte Gebote, die sie bei der Hand haben wollte, wenn die Zeit gekommen war, zurückzuzahlen.

Konsequenterweise verhielt sie sich hiernach kalt und schweigsam.

5.
Klappe und Schnitt!

Das Licht geht an, die Leser reiben sich die Augen.
Wir sind jetzt auf der Höhe des Geschehens und können uns zurückbegeben in unser Kaufhaus, meine Damen und Herren. Wie? Sie möchten den Rest auch lieber als Film sehen?
Okay, es gibt nichts, was ich nicht möglich machen kann.

Ja? Sie dahinten haben eine Frage? Ja, wenn ich will, können auch alle Popcorn haben, ja, Cola auch.
Bitte schön.
Alle versorgt?
Gut, dann geht's jetzt weiter.

6.
[Kaufhaus]

Rolltreppen, Lichter, Regale, Menschen ...
Manuela sah die Kleiderständer durch, an ihrer Seite die Mutter. Da war ein Kleid, das ihr gefiel – eins von diesen kurzen, die gerade über den Hintern reichten – ihre Mutter griff entsetzt ein – Manuela war zu pummelig! – das würde entsetzlich aussehen!
Manuela fühlte sich wie ein riesiger mit Salzsäure gefüllter Container, sie wollte die Mutter langsam und qualvoll auflösen. Die Mutter war ihrerseits mit der Geduld am Ende. Die Feindseligkeit, die Trotzphase, der Geschmack ihrer Tochter gingen ihr auf die Nerven. Sie befahl Manuela das Kleid zurückzuhängen und gab ihr ein anderes. Manuela mochte es nicht, sie fand es langweilig, harmlos – so etwas würde keine Carmen tragen, so etwas würde kein Mann, der den Namen verdiente, anschauen. Sie war kurz vorm Explodieren. Die Mutter merkte das, sie wollte vor der Verkäuferin und den anderen Kunden keine Szene. Sie sprach beschwichtigend auf Manuela ein, sagte, daß wenn sie das Kleid anprobiere, sie auch ihr Kleid einmal versuchen dürfe.
Manuela nahm die Kleider und ging in die Umkleidekabine. In ihr lief der Mob vor dem Palast auf – Fackeln wurden entzündet, Hände ergriffen heimlich die Waffen, die Menge begann zu skandieren.
Sie zog das Mutterkleid an und trat mit dem verhaßten Ding aus der Kabine. Die Mutter lobte ihren Eindruck und auch die Verkäuferin sagte etwas Schmeichelhaftes – Manuela sah nur eine graue Maus, ein Mauerblümchen, ein unscheinbares Etwas.
»Packen Sie es ein«, sagte die Mutter.
Die Dämme brechen, die Sklaven sprengen die Ketten, die Gefangenen werfen die Kerkertüren auf. Der Mob läuft Sturm.

Aufruhr!

Aufruhr! Auf ihrer inneren Leinwand sieht Manuela sich und die Mutter. Immer nur das tun, was sie sagt und ihre Schmähungen über sich ergehen lassen. Wie ein grotesker Wasserspeier kotzte sie Verbote und Beleidigungen auf Manuela herab – ein unaufhörliches Maulen und Mäkeln, Motzen und Meckern. »Wasch dir den Dreck aus dem Gesicht!«, »Wie siehst du denn aus?«, »Wo lebst du eigentlich?«.

Aufruhr! Die Gefangene wird mitgerissen, kann sich in ihrer Kerkerzelle sehen – das Kleid hängt an ihr wie Fesseln, die Mutter ist ein Folterknecht. Sie greift mit einer wilden Bewegung nach hinten und öffnet den Reißverschluß – der Vulkan soll ausbrechen und alle Widerstände zu Asche verbrennen und fortschwemmen. Weg mit den Fesseln!

Es platzen die Tore. Mit einer ruckartigen Bewegung läßt sie das Kleid von ihren Schultern rutschen. Der Stoff gleitet an ihr herunter wie eine tückische Schlange und rollt sich zu einem Wall um ihre Füße.

Jetzt steht sie da: Frei! Groß, aufrecht und so hell wie die Sonne am blauen Himmel, eine Frau mit weißer Haut und Augen tief wie kaltblaue Fjorde.

Der Schleier, der sie vor der Welt hätte verbergen sollen, liegt im Dreck. Die Welt hält den Atem an und schaut auf sie.

Jetzt kann das Leben beginnen, von dem sie träumt. Sie wächst übermächtig in den Himmel, eine Riesin ist sie! Sie streckt die Arme von sich und beginnt, sich im Kreis zu drehen. Sie dreht sich und dreht sich und sieht sich so von allen Seiten. Alle sollen sie sehen! Sie spürt deren Blicke. Euphorie zwitschert kitzelig wie ein Schwarm bunter Vögel durch ihren Körper. Das scharfe Tschilpen stößt ihre Gedanken schwindelig und wie eine große, schwer heranrollende Woge überschwemmt sie ein unglaubliches Glücksgefühl und, unverhofft, während sie sich weiterhin im Kreis dreht, für sie selbst überraschend, fängt sie zu singen an. Die Scheinwerfer erfassen sie und ihre kristallene Stimme erfüllt den Saal. In den Logen halten sich Männer die Operngläser an die Augen und hängen atemlos an ihren Lippen, an ihrem Gesicht.

7.

Die Mutter will nicht glauben, was sie sieht, die Anwesenden sind schockiert. Ein pubertierendes Mädchen läßt ihr Kleid von sich gleiten und steht auf einmal in weißem Slip, schwarzem BH und Sportschuhen pummelig da. Dann wirft es die Arme hoch und posiert für eine kurze Zeit wie gekreuzigt.

Genauso überraschend fängt es an, sich mit kleinen, seltsamen Trippelschritten um sich selbst zu drehen, während die Schuhe traurige, quietschende Geräusche auf dem Linoleumboden hervorrufen.

Die Mutter blickt Manuela an, von Entsetzen erfüllt. Ein Gedanke greift ihr kalt ins Rückgrat: »Meine Tochter ist geisteskrank!« Sie will etwas tun, sie an sich drücken, ihr gut zureden. In diesem Moment fängt Manuela an, laut und falsch zu singen und ehe die Mutter weiß, was sie tut, tritt sie einen Schritt vorwärts und gibt Manuela eine schallende Ohrfeige.

Unglücklicherweise steht diese, als der unerwartete Schlag sie trifft, auf dem verschmähten Kleid, welches tückisch unter ihr wegrutscht. Sie fällt. Eine Kollision des Steißes mit dem Betonfußboden staucht Manuelas Wirbelsäule – kaum gedämpft durch das Linoleum. Äderchen platzen, Blut läuft ihr ins Gewebe. Das wird ein blauer Fleck von nie dagewesenen Ausmaßen. Ihr Kopf fällt ihr auf die Brust und ihr langes Haar rast auf beiden Seiten ihres Gesichts zu wie ein Vorhang – ihr Stück ist vorbei, peinlich berührte Besucher hasten aus dem Theater. Eine Sekunde lang spürt sie nur einen unbestimmten Schock, dann kommt der Schmerz und das Bewußtsein der Demütigung. Sie drückt sich beide Hände vors Gesicht und fängt zu weinen an.

Die Mutter weiß nicht, wie ihr geschehen ist, fast wirft sie sich zu Manuela auf den Boden. Sie nimmt ihre schluchzende Tochter in den Arm und sagt immer wieder, daß es ihr leid tut.

Irgendwann kann Manuela auf ihre Mutter gestützt in die Umkleidekabine humpeln und sich anziehen.

Schließlich trägt die Rolltreppe sie beide hinunter, Mutter und Tochter, fort aus den Augen der Verkäuferin, fort aus den Augen der Kunden, fort aus unseren Augen – fort!

8.

So ist das im Leben: Eine Rolltreppe bringt uns hinauf, eine andere wieder hinunter, wir steigen auf ins Licht und aus dem Licht gleiten wir in die Finsternis, in den Abgrund; langsam schlucken die Schatten unsere Konturen und wir sind fort, das Kaufhaus ist fort, da hängt die ewige Rolltreppe des Abstiegs vor dem schwarzen Nichts. Die Stufen surren immer hinab, immer hinab.

Ich klatsche in die Hände und jetzt ist auch keine Rolltreppe mehr da – jetzt ist Schwärze.

Nur noch der Projektor summt.

Dann ist der Film zu Ende und raschelt um die Rolle.

Tom Schulz
Ausfalltag

Jetzt gehe ich mit den Schülerinnen nach Hause, nachdem ich mir in einer Bäckerei ein Stangenbaguette gekauft habe.
In den Mittagsstunden; die Kunststeinplatten liegen sauber gestapelt am Gehwegrand. Ein Verdichter rostet vor sich hin.
So genügen mir die Sätze.
Auf der Baustelle wird die Dixi-Toilette verriegelt.
Eine der Schülerinnen sagt zu der anderen: »Jackie, jetzt bist du an dem Haus vorbeigegangen, wo du früher gewohnt hast.«
»Dann muß ich jedem einzelnen Stein Tschüß sagen«, antwortet sie.
Tschüß Stein. Tschüß Stein. Tschüß.
Die Jungens laufen zweihundert Meter voraus an der alten Kaufhalle vorbei und ich möchte mich irren, daß sie ihren Vätern ähneln.
Warum Jungen als Angeber geboren werden und schon mit drei Jahren Rasierklingen zwischen den Achseln tragen, weiß ich auch heute nicht genau.
Die Luft, an solchen Tagen: eine zu starke Mischung aus den lange nicht geputzten Essen der Schornsteine und wenigen Bäumen als Staubfänger.
Jemand gibt plötzlich das Grün frei; und die Stunden bis zum Abend werde ich auf dem Drehstuhl sitzen und die Nachbarn gegenüber am Fenster wieder und wieder sehn mit ihren roten T-Hemden, wie sie aus dem Fenster starren, die Gesichter gestützt auf den Ellenbogen und der zur Faust gekrümmten Hand.
Ich friere, nur mit Unterhose und -hemd bekleidet an meinem zu kleinen Schreibtisch.
An den Gedanken, daß die beiden Mutter und Sohn sein könnten, möchte ich mich nicht verschwenden.
Lieber ein jüngerer Mann und eine zwanzig Jahre ältere Frau, die in der Warteschleife der Gesellschaft zusammen die Stellenangebote studieren und täglich um 9 Uhr frühstücken mit Cornflakes, aufgeschlagenen Seiten und später abgehobenen Schädeldecken.

»Du weißt, daß du im Hausflur rauchen darfst, aber nicht in der Wohnstube. Von mir aus auch alle zwei Stunden eine am Fenster, wenn's unbedingt sein muß.«

Tschüß Automobil. Tschüß Assel. Tschüß.

Auf dem Belegungsplan könnte einiges gestrichen werden.

Ich werde die alten Schulstullen im Abfalleimer vor dem Pausenhof versenken und auf Schokoriegel hoffen, Lutscher und Malzbier.

Vielleicht ist morgen die Sonne kein Zahnarztspiegel, der einem nur die schlechten Stellen zeigt.

Vieleicht, aber nur vielleicht.

Dann wird die Straße mit ihrer Häuserzeile dunkel und nur das Flackern einiger Fernsichtgeräte spendet noch dünne Fäden Licht.

Was träume ich, in einer Nacht von einem schwarzen Cocker-Spaniel und überlebensgroßen Schwedinnen, die mir die Laken vom Körper reißen?

In den jungen Mädchen sehe ich meine Großmutter, die kaum mehr aus dem Haus gehen kann, nicht einmal mehr zum Friedhof und ich wünschte, daß jedes Zimmer seinen Gast noch entläßt: für den letzten Weg; der ich niemanden stützen kann und in einem Sessel übrigbleibe von diesem Tag.

Das Geschrei der Möwen um Sushi

Heribert R. erstickte an einer Fischgräte, bei dem Versuch, einen krossgebratenen Zander zu verspeisen. Keine 500 m entfernt von der *Barmer*-Ostseeklinik, in der er seit fast zwei Wochen untergebracht war.

Schließlich hatte er jahrzehntelang nicht unerhebliche Beiträge in die Krankenkasse eingezahlt. Wie jeden zweiten Tag hatte er am frühen Abend, zur feststehenden Zeit, kurz vor 18.00 Uhr, seine (zweite) Frau eingehakt und gesagt: *Hilde, wir gehen heute auswärtig Abendessen.*

In ein Lokal, das *Binnen & Buten* hieß, in dem er schon an einem der Vortage, gut und dazu noch recht erschwinglich, gespeist hatte.

Daß er sich einen der hier frisch zubereiteten Fische (mit Salzkartoffeln und Beilage) bestellt hatte, mußte wenig verwundern.

Geradezu könnte man diese Gerichte als eine Spezialität der Region bezeichnen.

Heribert R., der an diesem Abend wie gewöhnlich mit seiner (zweiten) Frau an einem der Tische Platz nahm, konnte auch das über Gebühr laute Gespräch dreier in die Jahre gekommener Paare nicht stören, die an einem der anderen Tische, mit von Schnaps geröteten Gesichtern, über ihre Jugendjahre frozzelten.

Im Gegenteil, nachdem er die Operation am offenen Herzen vor etwa sechs Wochen gut überstanden hatte, fühlte er sich schon wieder im Aufwind.

Nicht zuletzt die frische Meeresluft und ausgedehnte Spaziergänge am Strand ließen ihn neue Kraft und Lebenshoffnung schöpfen.

Am Wochenende wollten ihn der Sohn (aus erster Ehe) und die Schwiegertochter mit den beiden Enkelkindern besuchen kommen.

Für Juni war bereits eine vierzehntägige Schiffsreise geplant ins südliche Mittelmeer.

Am Nebentisch zoteten die Paare weiter, jetzt über ihre sexuellen Erlebnisse von vor dreißig Jahren.

Weißt du noch wie wir, völlig besoffen ... in der Scheune ... und ich mußte dich fast bewußtlos schlagen, bis du einen hochbekommen hast ... Aah ja ... Schnucki, da hattest du noch nicht diese hängenden Titten wie jetzt ... Du geile Sau ... Du hast es doch sogar mit dem Hausmeister in deinem VEB getrieben, sagen Deine Kolleginnen ... Ach was, alles nur Neid der Besitzlosen ... aah, diese frigiden Schreibtischschlampen ...

Heribert R. kämpfte mit seinem Zander, während seine (zweite) Frau an einem Brathering kaute.

Daß sie es beide mit den Augen hatten und ihm schon der Graue Star gestochen war, konnte niemanden darüber hinweg täuschen, daß sie beide doch ganz rüstige Rentner waren.

So von der Art wie sie überall die Nebensaison, einer Landplage gleich, bevölkern und traditionelle Rohkostsalate den neumodischen Kreationen mit Kräuerdressing und Vinaigrette vorziehen.

Als der Rettungswagen eintraf, war Heribert R. bereits blau im Gesicht.

Der kurze Aufschrei seiner (zweiten) Frau, als er vom Stuhl fiel, hallte nur eine kurze Weile in den leeren Bierkrügen nach.

Daß der Wirt anschließend eine Lokalrunde gab für die wenigen verbliebenen Gäste, war das Wenigste, was man hätte tun können für den mittlerweile nicht mehr am Leben teilnehmenden Heribert R.

Daß seine (zweite) Frau in den folgenden Nächten Vocoderstimmen auf dem Flur hörte, wurde von der Heimleitung jedoch prompt zurückgewiesen.

Ebenso, daß ältere alleinstehende Damen Halbfettmargarine, die sie vom Abendbrot mit aufs Zimmer nehmen, als Gleitmittel benutzen.

In der Urlauberrückführung arbeiten wir nur mit seriösen Bestattungsfirmen.

Weitere Unterstellungen seien eine mittlere Schweinerei und entbehren jedweder Grundlage.

Erstunken und erlogen. Wer diesen Satz einmal gehört hat, muß jedoch nicht gleich in der Badewanne ertrinken. Geschweige denn, sich tot auf den Wannenrand setzen mit einem Whiskyglas in der Hand.

Heribert R. wurde auf einem Waldfriedhof im hauptstädtischen Umland beigesetzt.

Es soll die Sonne geschienen, sagen die Nachbarn, und der Trauerzug nur aus wenigen Personen bestanden haben.

Später in der *Sonne* zum Leichenschmaus gab es den ersten Spargel, trank man einige Gläser lieblichen Weißwein, Marke *Kröver Nacktarsch*, so wie ihn Heribert R. auch immer getrunken hat.

Überhaupt befände sich die Menschheit so ziemlich am Aussterben, sagte einer der Trauergäste in die Stille.

Man sähe es ja an der eigenen Verwandschaft: Jedes Jahr einer mehr, der in die Grube fährt.

Der Kellner brachte die Rechnung, die bar bezahlt wurde.

Man verabschiedete sich mit einer kurzen Umarmung und sagte so etwas wie:

Bis zum nächsten Mal.

Daß man noch lebt, erkennt man daran, daß man morgens zum Frühstück Zeitung und Ei aufschlägt, in immer der gleichen Reihenfolge.

Diese gespenstische Ruhe, ja und das Klappern des Postkastens halbelf *mit schönen Grüßen aus dem Jenseits* und Werbung für Baumarktartikel.

Das tut gut Baby

Das tut gut Baby, sagt der neunjährige Vincent zu seinem Freund in der Hochbahn kurz vor dem Schlesischen Tor.
 Wir haben eine Verabredung. Dann tuscheln sie einige Sätze, die ich nicht genau verstehe, und lachen.
 Ich habe auch eine Verabredung, etwas später, mit Günter, im Massagesalon; der Abwechslung wegen.
 Wir klagen über Krampfadern und Schreibblockaden.
 Günter hat seit über dreißig Jahren keine Zeile mehr geschrieben.
 Bei mir ist es ähnlich.
 Wir üben uns im Vermummen.
 Bildlich gesprochen.
 Doch nur selten hat uns eine Fangopackung geholfen oder eine Gurkenmaske.
 Mit Nadeln bringt es auch nichts, nicht einmal durch die Nase geschossen.
 Aber wir laufen im Revolutionären Block jedes Jahr als die Verstummten.
 Und das nun seit dreißig Jahren.
 Die Sprache ist die Strafe, habe ich einmal gelesen.
 Bei uns ist das umgekehrt.
 Wir sind ins Schweigen abgetrieben nach einer zu lange eingeleiteten Geburt, schuldig und in Lückentexten zu Hause.
 Wir haben keinen Gegenstand mehr, der in Worte passt, außer Kohlenstoff.
 Wir beschreiben die Leerfracht des Himmels und schauen anderen beim Sex zu.
 Und sei es Kaninchen.
 Unser Massagesalon bietet so einige Annehmlichkeiten außer dem Rückenauswuchten.
 Nur keine Neunjährigen.
 Eine Atombombe schwebt über dem Bahnhof, sagt einer der Jungen.

Ich glaube ihm.
Letzte Nacht habe ich von dem Großen Dramatiker geträumt.
Die Apokalypsen liegen hinter uns.
Was folgt, ist das Fernsehgericht, nachmittags um halb vier auf allen Kanälen.
Du gestochenes Schwein, lege ich den Kindern in den Mund.
Wir saßen auf einem Sofa und streichelten uns im Nacken.
Ich sagte, du siehst gut aus und war erschrocken über seine rosige Gesichtsfarbe.
Jetzt denke ich, so muß es danach sein, wenn man es hinter sich hat.
Man kriegt, was man will, obwohl man nichts will.
Vielleicht auch Neunjährige.
Ich ziehe Helena den Alexandrinern vor, antwortet Günter.
Als einer der Jungen aus seinem Hosenschlitz einen Kugelschreiber in Form einer Karotte hervorholt und ihn den anderen zeigt.
Dann hält der Zug im Endbahnhof und die Türen lassen die hart austretenden Gesichter hinaus in die Aussegnungshalle neuen Stils.
Die Jungen spazieren mit zwei Midlife-Krisen, die ihre Erzieherinnen sein müssen und einigen türkischen Mädchen, ins Schwimmbad.
Ich finde es langweilig, noch einmal zehn zu werden.
Nur um unter der Dusche die Penisse der anderen anzuschauen und zu hoffen, daß sie nicht gewaltig sind.

Dabei kommt mir in den Sinn, wie der Junge hieß, der als erster in unserer Klasse Haare am Sack hatte.
Günter will das nicht hören, ich verstehe ihn.
Vielleicht sollten wir es mit einer Ananas-Enzym-Diät probieren.
Die Schlacke im Körper, wenn man dreißig Jahre tot ist, sagt er.
Warum wir auf Bahnhöfen stehen und älteren Frauen hinterhersehen, weiß ich nicht.
Den volkstümlichen Waisen auf der Warschauer Brücke wünschen wir immer gut durchblutete Ohren und einen Segelfliegerpaß.
Dann könnten sie hören, daß Liebe in der Luft liegt.
Die zu Knaben allemal.

Auch heute noch bieten mir weißhaarige Männer auf der ehemaligen Stalinallee 50 Ostmark an, wenn ich mit ihnen mitgehe.
Nach dem Ableben ist einem nicht einmal Nekrophilie untersagt, rufe ich Günter zu.
Wir trennen uns vor der Dirschauer Klause, jeder in seinen Obstbrand. Günter in die Quitten, in die Schlehen ich.
Hauptsache es brennt, wenigstens in der Kehle.

Was aus Vincent und seinen Freunden wird, könnte uns vollkommen egal sein, aber wir stehen ja noch auf einer Liste für bedrohte Balkonpflanzen.
Wir holen Suppengrün aus dem Keller und eröffnen eine Feuerstelle.
Die Gesellschaft braucht uns, und sei es als Lampenputzer für diese Nachkriegsmodelle, um die herum man sonntags immer spazieren geht.
Günter aber, ist schon ganz steif; ich hake ihn ein, als ich ihn auf dem Anschiebebahnhof wiedertreffe.
Wo es hier zum Toten Gleis geht, fragen mich einige Rentner im Chorus.
Ich werde mir die Akustikdecke über den Kopf ziehen, rufe ich und mich in einen Kartoffelsack einnähen mit Ytong, bis einer der Fruchtzwerge aus dem Grundgesetz steigt und mich holt; irgend so ein Gerumpelter jedenfalls.
Ach, wie gut.
Vielleicht lande ich auf einem Kongreß der Weißwäscher und erhalte postum den Arielschein, und stimme mit ein: *Jeder Krieg ist der beste Krieg seiner Zeit* und mache an einem mir nicht unähnlichen Klammeraffen den Haartest und mutiere so zum mittleren Dienst, Besoldungsklasse III, als staatl. gepr. Bahnhofsmissionar!
Fahren Sie über Kassel und dann scharf rechts ins Glück!
Denken Sie an Proviant zum Abwerfen und hartgekochte Eier, die Umsteigemöglichkeiten in Jena-Paradies!
An die Wärmflasche, den Arm rechtwinklig zum Mund geführt mit Asbach von 1880, sonst nützt die beste Reisevorbereitung nichts!

Günter hat mir von Trapezunt erzählt, wo es flugferngesteuerte Möven gibt mit anscheinend zu vielen X-Chromosomen.

Ob da der Strom auch gelb ist und die Badehosen Eingriffe haben, weiß auch er nicht.
Wir reisen sodann europäisch mit Kulturbeutel und kunstharzversiegelten Luftkoffern.
Frauen nehmen wir nicht an Bord, geschweige denn Beischlafutensilien.
Seit der Letzten im Landeanflug auf Kuala Lumpur die Quigon-Kugel geplatzt ist, fahren wir Unterdeck, Günter und ich.
Nur mehr wir beide, last class, bei der Baggage:
Besser unten ohne als oben frisch geföhnt.
Jetzt bleiben uns nur noch Ausflüge zu Felsenbühnen.
Zu den Winnetou-Festspielen mit dem Manifest von Karl May.
Tod auf Rathen.
Das Gelbe Elend.
Die Schweiz, sächsisch und ohne Angel.
Ja, früher, als der Nachkrieg noch aushalf, mit Mutti und Omi und Muttis Omi und Omis Mutti auf einer der Butterfahrten, Rama für alle!
Jeder mit seinem Fäßchen um den Bauch!
Mit Pott, dem guten Mann aus der nördlichen Sage, der das Licht aus dem Eisberg schlägt und es schön gemütlich macht in der Stube.
Da war sie wieder, die junge Republik, das German-Wunderkind, das mit Vergaser und Otto-Motor auf dem Roten Platz landet und den Dritten Weltkrieg im Elfmeterschießen gewinnt.
Ein Kind des Schlagers, der Züchtung von Bild und Bunte, zerbrechlich, wie ein Tauchsieder in der Eisrinne.
Die Ernte mit 23 und später, ein Versicherungskaufmann mit der blanken Sichel nachts in der Tür, der einem die Lungenkrebs-Police verkaufen will.
Vertreter für Hängematten und Gewürzgurken, die nach Tabac-Original riechen wie eine Leichenschändung, wie die Entlausung ihrer jahrzehntelangen Kriegsgefangenschaft.
Günter und ich, wir drehn den Kanister an, einszweidrei ... und ... Lied durch.
DER MENSCH MUSS EINE HEIMAT HABEN: EIN STÜCK ERDE, EIN STÜCK HIMMEL, DAS ER LIEBT ...
Während Hans Albers den Blondinenwitz erfand und der Blitzkrieg im TV-Gerät einschlug, blieb uns nur das Abtauchen.

Als die Gicht noch nicht eindrang durch die Kapitänskabine, da putzten wir auf die Haut, ein letztes Mal: des Mächtigen nicht englisch, nicht französisch, nicht ...
Und riefen: *Entstört euch, der Käse ist blau!*
Aber auch in der Sprache gibt es Stellungen, die an Akrobatik grenzen.
Davon hatten wir voll die Nase gestrichen.
Uns blieben nur die Destillen, kein anderes Versmaß.
Jetzt war der Untergang nur noch eine Frage der Aggregatzustände.
Als die Rhesusäffchen den Faustkeil erfanden, fingen wir an, zu sinnen.
Von da an hieß alles Latrine, egal ob mit Hölderlin oder Ernst Jünger.
Der Himmel erblühte wie ein frisch genähtes Wundmal.
Schlechterletzt begannen wir, die Fäden zu ziehn; aber es war schon zu spät für die Auferstehung des Gefrierfleisches.
Während die Vincents dieser Welt weiter in pisswarmen Becken kraulten und Kerze oder Bombe, vom 5 m Brett abkackten!

Ich denke an Abschied und Günter weint in der Kombüse.
Die Röstzwiebeln sind aus und auf dem Grill liegt eine verkohlte Brieftaube.
Welche Nachricht sie für uns hatte oder was sie uns hätte sagen wollen?
Wir werden es nie erfahren und gehen mit Postmietbehältern ins Stroh.
Klüger als alle anderen, aber zurückgeblieben in diesem verfluchten Jahrhundert der Pestwolken und Autofriedhöfe.
Da wußten wir und es war wie ein Eingeständnis:
Auch ein größerer Atompilz würde unseren Hunger jetzt nicht mehr stillen können.
Also blieben wir auf den Abonnementplätzen, frierend und durch die Nase atmend, bis zum Jüngsten Tag.

Christian Schünemann
Frisör

I

Ich sah es Beas Gesicht an. Der Anruf war so dringend, als ginge es um Leben und Tod. Ich hörte die Stimme aus dem Telefon, hoch und schrill. Bea hatte den Hörer am Ohr und den Finger im Kalender.
»Das sieht ganz schlecht aus. Das ist unmöglich.« Bea bedauerte. »Färben ginge, aber der Chef ist zu. Vielleicht könnte jemand anderes als Tomas schneiden?«
Bea warf mir einen kurzen Blick zu. Ich kenne das. Solche Telefonate gibt es im Salon täglich. Wer morgens in den Spiegel schaut und seine Haare nicht mehr sehen kann, will sofort, am besten eine Stunde später, einen Termin beim Frisör.
Bea wechselte den Hörer vom rechten zum linken Ohr, blätterte im Kalender eine Seite um und machte ein letztes Angebot: »Nächste Woche Mittwoch.« Sie atmete tief durch.
Ich massierte dem alten Hoffmann die Kopfhaut, während wir beide Bea zuhörten. Wir beobachteten sie im Spiegel. Hoffmanns Augen sind helle Pfützen hinter dicken Brillengläsern, blass und ausdruckslos, wie in diesem Juli der milchigblaue Himmel über München. Seit Wochen machte die Hitze die Leute nervös und gereizt oder lethargisch und faul. Auch ich musste mich zusammenreißen. Das Surren der Föne, der Geruch nach schwerem Parfüm, das ständige Klingeln der Telefone ging mir an die Nerven. Heute weiß ich: das Unheil lag in der Luft.
Bea hing noch immer am Telefon. Für den Fall, dass sich jemand nicht abweisen lässt, hat sie klare Anweisungen. Kunden werden nicht vergrault, auch wenn sie noch so penetrant sind. Wir sind stets höflich und zuvorkommend.
Ich konzentrierte mich auf Hoffmanns Schädel, eine bucklige Landschaft, auf der nur noch wenige Haare wurzeln. Sie zu schneiden, ist eine Sache von Minuten. Hoffmann tat mir Leid, er hatte vieles verloren in der letzten Zeit, nicht nur die Haare. Ich bearbeitete die Kopfhaut, als ließe sich der Haarwuchs wieder beleben. Hoffmann wusste es besser. Er ist Realist. Enkel eines

Konservenfabrikanten mit einem Faible für Hausmannskost. Im Alter kamen ihm die Geschmacksnerven und die Frau abhanden. Er kocht jetzt selbst, salzt so kräftig, dass die Schilddrüse Probleme macht.

»Ich verstehe«, sagte Bea. Und: »Bitte warten Sie einen Moment.« Sie hielt mir den Hörer hin.

Die Stimme am Telefon war nun ganz nah und schmeichelnd. Es war die Stimme von Alexandra Kaspari, eine Frau, für die ich immer eine Ausnahme machen würde. Bei mir wird jeder bedient, aber nur ausgewählte Kunden von mir persönlich und die wenigsten nach Feierabend.

»Tommy, du musst mich drannehmen, bitte!«

»Was, heute noch?«

»Ja, unbedingt. Ich sehe fürchterlich aus. Es ist eine Notfall.«

Ich nahm den Füller. Es sind immer Notfälle. »Achtzehn Uhr«, sagte ich und trug den Termin ein.

Es sollte der letzte Termin von Alexandra Kaspari bei mir sein.

Zwei Stunden später kam sie. Zu früh. Die brünetten Haare, sonst kräftig, waren Strippen ohne Spannung und Leben, wie tot. Alexandra und ich küssten uns, in die Luft, rechts und links. Ich roch ihren Duft nach Holz und Karamel. Ermattet sank sie in einen Stuhl, stellte die lederne Handtasche neben sich und strich über den Rock mit dem Karomuster, den in diesem Sommer alle trugen. Der Rock war eng und endete über dem Knie. Alexandra schlüpfte aus den Pumps und betrachtete irritiert ihre nackten Fersen und die zwei Blasen, groß und entzündet, wie nasse Augen.

»Wenn du mich fragst«, sagte Bea halblaut zu mir, »kommt auf die etwas zu. Sie versucht sich zu schützen, sie fürchtet sich vor etwas. Eine tiefe Verletzung wahrscheinlich.«

»Bea, nicht schon wieder!« Praktisch von allen Stammkunden speichert sie die Sternzeichen und Daten im Kopf, jederzeit abrufbar für ihre gewagten Analysen. Das ist ihre Leidenschaft, wie die Farben, für die ich sie in meinem Salon angestellt habe. Sie ist meine Farbstylistin, trägt selbst in jeder Saison eine andere Haarfarbe, dazu Lippenstift, oft sehr rot, und Klamotten, immer schwarz.

»Als Zwillingsfrau wird Alexandra getrieben«, sagte Bea, »da kann sie machen, was sie will. So wie der Mond jetzt steht, die Ärmste.«

Alexandra war weiß im Gesicht. Ich musterte sie aus den Augenwinkeln. Weißblonde Haare zum weißen Gesicht mit dunklem Lippenstift. Das würde aus Alexandra einen Typ machen. Die Idee gefiel mir.

Zerstreut hörte Alexandra mir zu, nickte und blätterte fahrig in einem Frauenmagazin. »Denen fällt auch nichts mehr ein«, murmelte sie zufrieden. Alexandra hat eine beachtliche Karriere gemacht. Nach einem abgebrochenen Studium, dem Start als Praktikantin bei »Vamp« leitete sie seit sechs Jahren dort das Ressort für Kosmetik und Schönheit, eine der wichtigsten Positionen in diesem Hochglanz-Magazin. Monat für Monat sagte sie ihren Leserinnen, was dem Teint nützt und der Haut schadet, welche Mittel gegen Orangenhaut und Falten helfen, welche Tricks das Beste aus welchem Typ machen, und sei er noch so fade. Alexandra wusste immer genau, was sie wollte. Heute wollte sie aufgerichtet werden. Mir war nicht klar, warum. Fragte auch nicht. Ich wollte ihr nur den Gefallen tun.

»Einen Kaffee für Alexandra, bitte. Oder« – ich schaute Alexandra an – »einen Tee?«

»Gern.«

Sie saß jetzt gewaschen und verstrubbelt vor dem Spiegel. Ich legte ihr das weiche Handtuch in den Nacken. Langsam kämmte ich durch das glatte, nasse Haar. Dieser Zustand ist der Rohzustand, die Kundin ein schutzloses Wesen, beinahe nackt. Es spielt keine Rolle, ob sie Schauspielerin ist oder Hausfrau, Firmenboss oder Angestellte. Ich würde mit der Schere dem Kopf eine neue Form, dem Menschen ein neues Aussehen geben. Ich habe die Macht, ihn in kürzester Frist mehr zu verändern, als irgendjemand sonst. Mein Handwerk, das weiß jeder, ist längst Kunst geworden. Alexandra schloss die Augen und seufzte wohlig. Ihre Brüste unter dem Umhang hoben sich.

»Alles in Ordnung?«, fragte ich und zog mit dem Kamm eine Linie in der Scheitelgegend, kämmte glatt herunter und prüfte im Spiegel. Mit einem leichten Druck der Finger auf den Hinterkopf bedeutete ich Alexandra, den Kopf etwas zu senken. Alles in Ordnung? Um die Quelle zum Sprudeln zu bringen, reichen in der Regel drei Worte aus, und ich erfahre die unglaublichsten Geschichten, wie die von der Ehefrau, die seit fünf Jahren den Chef ihres Mannes mit der Peitsche verwöhnt und regelmäßig Gehaltserhöhungen herausschlägt, die sich ihr Mann nicht erklären kann. Ich sehe die Narben vom letzten Lifting meiner Lieblingskundin. Ich erfahre, bei wem der Gerichtsvollzieher vor der Tür steht. Der Friseursalon ist der Ort, an dem Menschen mir ihre Geheimnisse offenbaren. Ob ich will oder nicht.

»Alles in Ordnung?«, fragte ich.

Für eine Sekunde trafen sich unsere Augen im Spiegel. Alexandra lächelte.

Ich würde ihr ovales Gesicht stärker betonen. Die dunklen Augen würden größer wirken und Alexandra vielleicht etwas Tiefgründigeres, Geheimnisvolleres verleihen.

»Weißt du, ich habe einen neuen Typen«, sagte sie.

Ich kämmte.

»Der ist eigentlich gar nicht mein Fall. Zu viel Testosteron, zu wenig Charme. Du kennst das ja.«

Mit dem Aufbau der Stützhaare würde ich der Frisur mehr Stand verleihen, mit der Stufung das Gewicht der Haare nach unten hin abbauen.

»Der hat schon ewig gebaggert, ich kann dir sagen. Und vor zwei Wochen« – Alexandra zuckte die Achseln – »hab ich einfach nachgegeben. Vielleicht war's ein Fehler. Aber im Moment ist es ganz okay.«

Ich kämmte vom Scheitel, fasste eine Strähne zwischen Zeige- und Mittelfinger, klemmte den Kamm mit dem Daumen fest und begann zu schneiden, erst mal locker durchstufen.

»Weißt du«, fuhr Alexandra weiter fort, »wir laufen uns eher selten über den Weg. Aber wenn, macht es irrsinnig Spaß, vor den anderen so zu tun, als sei er nur ein Kollege, dadurch herrscht eine ungeheure Spannung, weißt du, ich bin dann erotisch wie aufgeladen.«

Ich ging jetzt direkt in die Haare hinein, wobei ich immer auf der hinteren Partie aufbaute.

»Er ist zum Glück verheiratet, dadurch entsteht keine Verpflichtung. Der hat, glaube ich, zwei Kinder. Da darf kein Mensch etwas merken, auch in der Redaktion nicht.«

»Um Gottes Willen, bloß nicht«, sagte ich.

»Nein, um Gottes Willen«, wiederholte sie. »Dann wäre der Teufel los. Aber das wäre ja nicht das erste Mal. Erinnerst du dich?«

Alexandra schwieg, als erinnere sie sich an die vielen zerbrochenen Beziehungen, bei denen der Teufel los gewesen war. Ich achtete darauf, die Spitzen auf verschiedene Längen zu schneiden, der Fall ist dann schöner.

»Allerdings habe ich das Gefühl, Eva belauert mich.«

Eva Schwarz ist die Chefredakteurin, zwei Jahre jünger als Alexandra, und sehr ehrgeizig. Natürlich lauerte sie. Sie lauern alle. Und sie sind alle meine Kundinnen. Alexandra wusste das.

»Hat sie dir gegenüber mal irgendeine Andeutung gemacht?«, fragte Alexandra beiläufig, beugte sich vor und griff nach dem Glas. Über den Rand schaute sie mich prüfend an.

»Alexandra ...«, sagte ich.

»Schon gut, schon gut. War nur so ein Gedanke, ist mir auch scheißegal, Tommy.«

Sie sagte, wie die meisten Medienleute, ›Tommy‹ zu mir. Auf dem silbernen Schild neben dem Eingang steht ›Tomas Prinz‹, Freunde nennen mich ›Tom‹. Alexandra stellte abrupt das Glas zurück und schwieg.

»Und Kai?«, fragte ich, um das Thema zu wechseln. Kai war Alexandras Sohn, 16 Jahre alt. Alexandra hatte damals Soziologie studiert, als sie mit Kai schwanger wurde und davon geträumt, Gutes zu tun, einen Menschen zu lieben, ein Kind großzuziehen. Der Traum erwies sich als Albtraum. Ich kannte verschiedene Episoden aus Alexandras Leben.

»Kai? Der weiß nix davon.«

»Ich meinte, wie geht's Kai?«, fragte ich.

»Ach so. – Dem geht's gut.«

Wir schwiegen eine Weile. Die Angestellten waren alle fort, saßen wahrscheinlich im Biergarten oder badeten im See. Nur das Klappern meiner Schere war zu hören. Ich spürte, wie Alexandra ihren Blick im Spiegel auf mich heftete. »Ich glaube, Kai kokst.«

Ich kämmte jetzt weit über den Scheitel rüber, um die Länge im Deckhaar zu behalten. Kai kokst. Ich dachte an das Gedicht von Ottos Mops.

»Gut, wir haben alle mal gekokst. Trotzdem macht der Junge mir Sorgen. Schleppt komische Freunde an, die dann bei uns abhängen. Braucht ständig Geld, als hätte ich einen Dukatenscheißer. Ich denke manchmal, ihm fehlt der Vater, ich meine, ein Vater, der Vorbild ist, dem er vertrauen kann. Nicht so einer wie Holger. Bei Holger, da würde er sich umgucken, bei dem hätte er nicht all die Freiheiten, die er bei mir hat.«

Holger, Alexandras Ex-Mann und Kais Vater, lebt seit neuestem in Berlin, ich kannte ihn nur aus Alexandras Erzählungen und hatte ein eher unvorteilhaftes Bild von ihm. Nach der Beschaffenheit von Kais Haaren zu urteilen, mussten die seines Vater viel dünner, feiner sein als Alexandras brünette, kräftige Haare. Kais Vater hatte es immer abgelehnt, zu mir zum Haarschneiden zu kommen. Wahrscheinlich war ich ihm zu vertraut mit Alexandra. Oder die Dienstleistung zu teuer. Es braucht auch nicht jeder zu mir kommen.

»Übernächste Woche muss ich mit Kai in die Schweiz.« Alexandra seufzte. »Der Junge schießt jetzt in die Höhe, das geht ganz schön ins Geld.«

Kai kam mit einem halben Bein auf die Welt und lebt mit einer Prothese. Die Prothese wird in der Schweiz hergestellt, mit Gelenken und Scharnieren ausgestattet, dem gesunden Bein nachempfunden. Kai spielt Fußball und joggt, wie ein gesunder Junge. Alexandra ließ das künstliche Bein regelmäßig an Kais Körper anpassen. Sie wollte eine gute Mutter sein.

»Nächstes Wochenende muss ich mit einer Handvoll Leserinnen an den Starnberger See«, Alexandra schnaufte.

Ich schaute fragend in den Spiegel. »Warum da?«

»Die haben das Wohlfühl-Wochenende gewonnen, das wir mit ›Lestemps‹ verlost haben. Ich sag dir, grauenhaft, wer uns liest, all die Krankenschwestern, Frisörinnen«, Alexandra stutzte. Wäre da nicht der Umhang gewesen, hätte sie sich mit der Hand auf den Mund geschlagen. »Entschuldige, Tommy.«

Ich grinste. »Von meinen Leuten hat niemand gewonnen.«

»Ja, schade eigentlich.« Sie machte eine kleine Pause.

»Dann mit Kai nach Zürich, dann die Promotion in Atlanta, ich brauch dafür unbedingt noch ein paar neue Klamotten, vielleicht ist auf der Maxi schon runtergesetzt, das könnte sein, oder?« Alexandra suchte in meinen Augen die Zustimmung. Ihr Job brachte zwar Geld und Reisen mit sich, aber auch viele Verpflichtungen. Und hohe Ausgaben.

»Danach mach ich Urlaub, Puerto Rico, soviel steht fest. Mit ihm.« Alexandra wartete einen Moment, ob ich etwas sagen wollte. Dann fuhr sie fort: »Und Kai fliegt zu seinem Vater nach Berlin. Es sei denn …«

Ich bedeutete Alexandra, den Kopf nach vorne zu senken, was sie tat, wie eine Puppe.

»Es sei denn, Holger macht wieder einen Rückzieher. Aber

dann mach ich ihm einen Riesenkrach. Darauf kannst du dich verlassen«, sagte Alexandra aus der Tiefe und schielte auf den Fußboden, wo ihre Strähnen lagen, wie abgeerntetes Heu. Ich erlaubte ihr, wieder hoch zu kommen, prüfte noch mal den Sitz des Schnittes und fönte Alexandra das Kitzeln aus dem Gesicht. Perfekt. Alexandra musterte befriedigt ihr Spiegelbild.

»Und jetzt noch die Farbe«, sagte sie.

»Und jetzt noch die Farbe«, wiederholte ich, wie ein Onkel, der die Einlösung der Überraschung verspricht.

Zwei Stunden später verließ Alexandra den Laden. Ihr weißblonder Kopf leuchtete auf der Hans-Sachs-Straße. Hoffmann, der schräg gegenüber beim Kino, vor der offenen Tür zum Vorführraum saß, blickte Alexandra hinterher, wandte sich dann kurzsichtig zu mir über die Straße, wo er mich hinter der Schaufensterscheibe vermutete, und machte den Daumen hoch. Super! Als ob ich auf sein Urteil angewiesen wäre. Es war spät, ich schloss die Tür ab, löschte das Licht und ging durch den Seitenausgang ins Treppenhaus, hinauf in die Wohnung. Alexandras dunkle Vergangenheit blieb auf dem Boden zurück. Die abgeschnittenen Reste würde die Putzfrau morgen früh zusammenfegen.

II

»Wer ist tot?«

Ein Berg Schmutzwäsche auf dem Telefon hatte das schrille Klingeln gedämpft. Ich wühlte mich aus dem zerknüllten Laken und tappte mit dem Hörer an die offene Balkontür. Die Uhr am Kirchturm glänzte in der Morgensonne. Sie zeigte kurz nach sieben. Mein Rücken war schweißnass. Die Nacht hatte keine Erfrischung gebracht.

»Hör doch mal zu.« Claus-Peter am anderen Ende der Leitung war ungeduldig. »Sie soll ermordet worden sein. Eine Redakteurin, von ›Michelle‹.« Claus-Peter ist Journalist beim ›Münchner Morgen‹, ein Mord gehört für ihn zu den guten Geschichten.

Jetzt sagte er: »Und halt dich fest: Die Kaspari soll in die Sache verwickelt sein.«

Ich starrte immer noch auf die Kirchturmuhr. Der Zeiger rückte um eine Minute vor. Wovon redete Claus-Peter?

»Die Tote soll angeblich blond sein. Du kennst doch die Frauen bei ›Michelle‹. Wer von denen ist blond?« Aus dem Hörer klang eine Popmelodie, ich hielt ihn etwas von meinem Ohr weg.

»Ich kenn die nicht alle bei ›Michelle‹.« Ich gähnte. »Zoe haben wir letztens mit Strähnchen ein bisschen aufgehellt.«

»Was ist mit dieser aufgetürmten Blonden?«

»Eva Schwarz? Die ist bei ›Vamp‹. Außerdem war die mal blond. Bea hat sie rot gemacht.«

»Schon lange?«

»Mindestens seit einem halben Jahr. Nein, eher länger.«

»Mist.«

Auf dem Balkon war es auch nicht kühler als in der Wohnung. Etwas schien die heißen Sommertage am laufenden Band zu produzieren, wie eine Maschine heißes Popcorn. Ich musste die Sonne tagsüber aussperren.

»Fällt dir sonst jemand ein?« Claus-Peter war hartnäckig.

Ich überlegte. »Gunnar ist eine Blondine, der aus der Grafik. Der ist richtig blond.«

»Sehr witzig.«

Die Levkojen brauchten Wasser. Ihr Duft hatte in der Nacht das Zimmer erfüllt. Ich hatte von blühenden Wiesen geträumt, von alten Bäumen. Aljoscha hatte ich im Traum gesehen. Während Claus-Peter redete, dachte ich an das Maiwochenende auf der russischen Datscha. Keine aufgeregten Journalisten, keine komplizierten Kunden, kein Fön, keine Hitze. Nur Aljoscha und ich.

»Okay, ich sehe, du weißt gar nichts«, sagte Claus-Peter.

»Tut mir Leid. Stimmt denn die Geschichte überhaupt?«

Claus-Peter legte auf.

Ich duschte lange. Das Wasser prasselte auf meinen Körper, glättete die krausen Haare auf der Brust und an den Beinen. Ich dachte an diesen merkwürdigen Anruf. Woher hatte Claus-Peter die Information von der toten, blonden Redakteurin? Vor dem Spiegel seifte ich Hals und Wangen ein. Der Schaum macht die Stoppeln weich und geschmeidig. Rasieren hat etwas Meditatives. Ich rasiere mich gern und täglich, auch wenn mein Bartwuchs nicht stärker ist als bei einem Sechzehnjährigen. Nur das Grübchen im Kinn ist problematisch. Mein Mund ist etwas zu groß. Aljoscha mag meine blauen Augen. Ich habe bisher kein graues Haar in meinem dunklen Schopf, trotz meiner 42 Jahre.

Wahrscheinlich ist etwas dran an der Geschichte, Claus-Peter ist ein guter Reporter, aber manchmal geht er den Leuten zu schnell auf den Leim, hört auf dubiose Quellen, wie bei der Geschichte mit dem brünetten Fotomodell, von dem Claus-Peter schrieb, es hätte sich mit den eigenen Haaren stranguliert. Dann stellte sich heraus, dass es eine ganz gewöhnliche Wäscheleine gewesen war.

Ich lief unruhig in der Wohnung herum, verteilte beim Zähneputzen schaumige Zahnpastakleckse auf dem Parkett, schob mit der freien Hand die Zeitschriften zusammen, fegte die Krümel von der Mahlzeit gestern Abend vom Tisch, öffnete die Fensterflügel zur Hans-Sachs-Straße. Vom Erker aus sah ich meine Putzfrau Agnes, die ihr Fahrrad an den Laternenpfahl schloss. Sie verschwand im Salon, für den sie einen Schlüssel hat. Nachher würde sie in der Wohnung die Spur der Zahnpastakleckse suchen und wegwischen. Während ich mich anzog, das maßgeschneiderte Hemd aus London, eine Baumwollhose, Sandalen, schaute ich noch einmal auf den Balkon.

Die Levkojen hatten sich nur teilweise wieder aufgerichtet.

Ich zog die Wohnungstür hinter mir ins Schloss.

Achim Stricker
Leichenfett

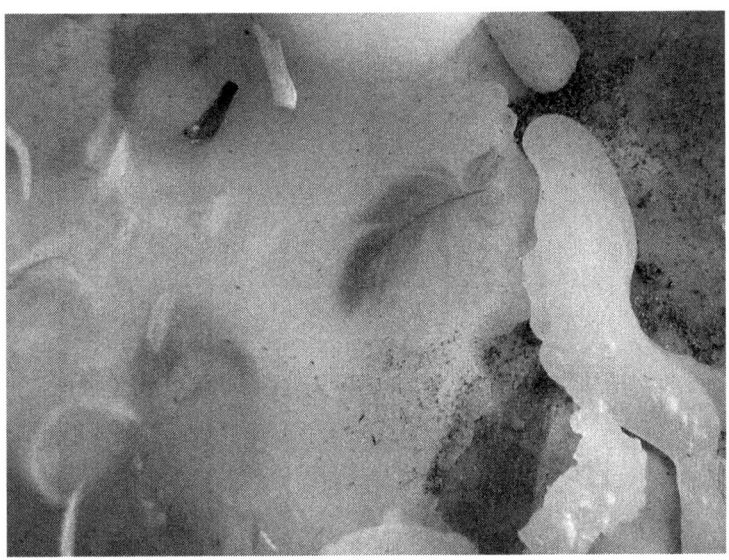

Meine Mutter hat alle überlebt. Der Kugelschreiber, mit dem sie ihre Kreuzworträtsel füllt, drückt ein Totenkreuz auf das Klassenfoto. »Der Hintergrundschleier«, sagt mein Vater und tappt mit seinen schrundigen, gelähmten Fingern darauf herum, bis meine Mutter es wegzieht, der Hintergrundschleier hebt sich langsam aus dem Foto. Schwarz-weiß eingedrungener Schnee lässt das Bild springen, seine Kanten sind weich und fransig wie flaumige Haut. Alle ihre Toten bekommen ein Kreuz über das Gesicht. Das Klassenfoto mit den zum Betrachter ausgerichteten Markierungen sieht aus wie ein verschneiter Soldatenfriedhof. Inmitten der Toten steht meine Mutter, unmarkiert und nicht zu erkennen: Sie hat im entscheidenden Moment den Kopf gedreht. Den Kopf habe sie verloren, in der Bewegung, meint sie. Eher das Gesicht, meine ich. Eine amorphe Kugel, die sie unter ihrem starren Haar zusammenballt. Ob die das damals geahnt haben?

Die Frau in ihrer Mitte, die viel zu schwach ist, um stillzuhalten, überlebt sie.

Meinen Vater hat sie auch überlebt. Obwohl sie immer viel weniger gegessen hat als er. Aber das Fett. Das ganze Fett, das meine Mutter in ihn hineingekocht hat, obwohl er schon bei der Hochzeit einen kranken Magen hatte. Auf dem Hochzeitsfoto neigt er sich leicht nach vorn, die pomadenassen Haare fallen ihm in die Stirn, dreißiger Jahre – Aufbruchsstimmung, wie ein unerschrockener Pionier wollte er aussehen, ein tollkühner Abenteurer. Meine Mutter daneben wirkt reserviert und nüchtern, einen Schritt zurück. Aber vielleicht konnte sich mein Vater auch nicht mehr halten und ist nach vorn gekippt. Vielleicht hat ihn auch meine Mutter ins Bild gestoßen. Vorwärts. Meine Mutter schwärmt noch heute von dem üppigen Hochzeitsessen; seine Kameraden von der SS haben meinen Vater abgefüllt und ihn dann um die Tafel marschieren lassen. Meine Mutter hat das nicht verstanden. Auch die Ironie ist ironisch. Bald ging's an die Front, von wo mein Vater ihr teure Puppen, feines Porzellan und Bettwäsche mitbrachte, aus der sie abends bei Kerzenlicht die Initialen heraustrennte. Manchmal auch ein Abendkleid oder zu kleine Schuhe. Als die Alliierten kamen, vergrub meine Mutter Gläser voll Marmelade und versteckte Honig unter den Platten des Gartenwegs.

Den Krieg hat sie nur am Horizont gesehen, das große Feuer. Das Schreien kam nicht bis zu ihr herauf in den Wald. Mein Vater ist damals in die Trümmer gefahren, meine Mutter nicht, die hat zu Hause mit dem Essen auf ihn gewartet. »Sonst hab ich nichts gelernt«, pflegte meine Mutter kokett zu sagen, wenn sie ahnungslose Gäste mit ihren Künsten konfrontierte. »Zu Hause ist, wo der Teller steht!«, war die zweite Lebensweisheit, mit der sie uns Augen und Mund öffnete.

Am liebsten kochte meine Mutter Fleisch, in der Regel angebraten, weil sie kein Blut sehen konnte. Deshalb briet immer mein Vater das Fleisch an, bis nichts mehr zu sehen war. Meine Mutter stand daneben und starrte jedes Mal wieder mit denselben ungläubigen Vogelaugen das Wunder an, wie das Blut verschwand und eine Mahlzeit zurückblieb, die sie mit Rahm übergoss und die letzten Spuren tilgte.

Als ich klein war, spielte ich meistens unten am Kühlwasserspeicher vor der Stadtgrenze. Das war der einzige See in der Nähe, eigentlich war das Gelände abgesperrt, aber sie kontrollierten nie.

Ganz am Anfang hatten wir dort ein Baumhaus. Das haben sie irgendwann entdeckt und kaputtgemacht. Später lag nur noch eine vom Regen aufgeweichte, zerkratzte Tür herum. Wir haben sie in den Stausee geworfen, das war auch verboten. Sie glitt übers Wasser, nur die Klinke bog sich aus den Wellen heraus. Immer trieb die Strömung sie an die selbe Stelle zurück, wo wir die Tür wieder und wieder ins Wasser hinausstießen. Und immer lag sie am nächsten Tag wieder angeschwemmt im Schilf. Da kamen wir auf die Idee, uns auf die Tür zu legen und die Fahrt mitzumachen. Dabei musste man die Augen schließen und sich fest auf das Holz pressen, damit man das Gleichgewicht nicht verlor und ins Wasser kippte. Ich wusste nie, wie tief es unter mir war, wenn sie mich hinausgestoßen hatten, wie weit ich abgetrieben war – oder ob ich mich schon wieder dem Ufer näherte. Die anderen haben wahrscheinlich die Augen aufgemacht, in den Himmel geschaut oder vorsichtig das Kinn gehoben. Ich nicht. Solange ich auf der Tür über der Tiefe lag.

Wenn mich jemand fragte, was mein Vater arbeite, sagte ich immer sehr schnell: »Mein Vater ist Leichensucher.« Ich behauptete, dass mein Vater für die Vereinten Nationen in Kriegsgebieten Massengräber ausfindig machen und die Toten identifizieren musste, damit sie in ihre Heimat zurückgebracht und dort bestattet werden konnten. Das fanden alle toll, sie liebten meinen Vater, den tollkühnen Abenteurer, der sich durch Minenfelder wagt, für fremde Tote sein Leben aufs Spiel setzt. Jedes Mal sagte ich den gleichen Text auf, die Geschichte war bis aufs letzte Detail durchdacht und formuliert. Je nachdem, wem ich sie erzählte, gab es geringfügige Varianten in der Wortwahl, aber die Satzordnung blieb dieselbe. Gegen Ende meines Textes kamen mir regelmäßig die Tränen, so froh war ich, dass ich traurig war.

Irgendwann hat der Rahm nicht mehr ausgereicht, da brachen bessere Zeiten an. Meine Mutter hat Schmalz eingesetzt, Zwiebeln angeröstet und an den Salat einen Extralöffel Öl. Zuerst haben sie meinem Vater ein Viertel vom Magen herausgeschnitten, Geschwürlöcher wie Brandflecken von Zigaretten, da hat er noch gelacht und überall damit angegeben. Am Gartenzaun stand er, wo die Sonnenblumen ihre greisen Blätter rieben, und formte mit den steifen Fingern ein Loch.

Der Arzt hat gesagt, er solle Schonkost essen. Aber das ist nichts für einen richtigen Mann, für einen Mann, der im Feld war und dort Dreck gefressen hat. Meine Mutter pflichtet ihm bei. Und sich nicht anstellen, das Fett wegschneiden vom Fleisch, ausgerechnet das Beste! Da hat meine Mutter noch extra Bratenfett in die Sauce getan, da haben sie ihm die Galle herausgeschnitten, meine Mutter hat Speckseiten dazugegeben, später ein Stück von der Niere, da kamen Fleischwürfel an den Salat, dann von der Leber, Rahm an die Nudeln, und zuletzt die Hälfte des Magens.

Der Arzt ist zu meinen Eltern nach Hause gekommen und hat meiner Mutter ins Gewissen geredet. Aber er war ihnen zu jung, die Haare hingen ihm keck in die Stirn, er kam mit seiner großen Tasche daher, die ihm seine Eltern zum Doktortitel geschenkt hatten. Wie er wieder draußen war, hat meine Mutter meinen Vater ins Gebet genommen: So ein Drückeberger, ist nie im Feld gewesen, der weiß ja gar nicht, was hungern heißt. Und was ein richtiger Mann ist, hat mein Vater ergänzt. Weil er aber doch irgendwie nicht ganz sicher zu sein schien, hat ihn meine Mutter noch einmal ausdrücklich darin bestätigt, dass man einen Mann an seinem Appetit erkennt. Friss oder stirb.

Die Heimat ist im Teller, und oben auf die Sauce noch einen Extralöffel Sahne, an die Nudeln gerösteter Schinken und Zwiebeln. Mein Vater löste das veredelte Fleisch mit Enzymtabletten im unteren Teil seiner Speiseröhre auf, den Magen ersetzten zwei Klammern oberhalb des Darms. Dann entfernten sie die Bauchspeicheldrüse und nahmen ein halbes Pfund Dickdarm heraus. Aber tröstlich stand meine Mutter schon am Herd und begrüßte den Heimkehrer mit einem Kotelett, das ich für sie angebraten hatte. Ins Krankenhaus ging meine Mutter nicht – das fand sie lebensfeindlich. Nur ein einziges Mal war sie krank, sie fiel beim Äpfelrnten von der Leiter und brach sich mehrere Rippen. Ich habe es nach Jahren erfahren, damals sagte sie kein Wort und ging eine Weile aufrechter als sonst.

Mein Vater war sentimental, fast weinerlich, zumal wenn es ans Essen ging, wurde ihm ganz feierlich zumute. Beklommen saß er vor seinem Teller und scharrte mit dem Messer auf der Tischplatte, deckte mit der Serviette seinen geleerten Schoß zu. Nur tüchtig zugelangt. Wer ein Mann ist. Wie er in der russischen Kriegsgefangenschaft war, da haben sie ihn mit Rizinusöl abgefüllt und durch die Straßen gejagt. Da hat er sich vollgeschissen, bis in die Schuhe hinunter ist es ihm gelaufen, am Straßenrand sind die gestanden und haben gebrüllt vor Lachen und ihm ins Gesicht gespuckt. Aber doch nicht bei Tisch! Die alten Geschichten! Eigentlich war alles anders, aber heute ist ja auch alles anders. Und jetzt wird gegessen! Sowas Gutes, das hat die Mutter extra mit Rahm abgeschmeckt, das ist der fette Speck, nicht so ein dünner, ausgetrockneter Hautfetzen!

Da würgt der Vater, aus den Augen laufen ihm die Tränen, aus den Mundwinkeln das Fett, am Kinn baumelt der Tropfen, der Kehlkopf zuckt an der Leine, auf dem Handrücken treten die Adern hervor, Fleisch steckt im Fleisch fest, aber es ist gut geschmiert. Die Hand zittert. Wo sind die Tabletten? Jetzt presst die Speiseröhre das angebissene Fleisch zwischen die Spangen, bis es sich aufgelöst hat.

Noch heute spüre ich ein Flattern wie von Vögeln im Magen, wenn ich an die Kämpfe denke, die er an unserem Tisch ausstand. Ich erinnere mich an seine rot geschwollenen Hände und sehe ihn ganze Dörfer herunterschneiden bis auf den Boden, schreiende Frauen über ihren Gartenzaun zerren – wie man große Fische schlachtet. Alle Bilder hat meine Mutter nicht gesehen.

Nach dem Essen wurde mein Vater schweigsam, senkte den Kopf. Offiziell gab es dann Nachtisch. Vanilleeis mit Pudding und Sahne, Eierlikör oder Schokoladensauce. Da krümmte er sich schon. Aber er sah den Freuden des Lebens ins Auge. Und meiner Mutter. Irgendwann ging er aufs Klo, manchmal erbrach mein Vater heimlich Blut. Meine Mutter durfte es nicht wissen, einmal kam ich ins Bad und sah das Blut in der Schüssel, das er nicht heruntergespült hatte. Er muss es vergessen haben. Oder er konnte einfach nicht mehr.

Seit einigen Monaten schläft meine Mutter jeden Nachmittag auf einer Decke aus dunklem Samt, weiße Haare bleiben darauf zurück. Die Sonne kommt herunter durch die Pergola, moosgrün und verhärtet reißt die Plastikfolie zwischen den überwinternden Weinreben ein. Meine Mutter füllt ein Kreuzworträtsel. In einer alten Pralinenschachtel sind die Fotos. Nachher gibt es Torte. Am Tisch sitze ich ihr gegenüber, die starren Vogelaugen schwimmen unter den dicken Lidern. Außer Kochen kann sie nichts. Was kann sie mir noch alles vorsetzen? Aber mein Magen ist stark, ich habe nicht den verschwundenen Magen meines Vaters, ich habe deinen. Mir wird ein zweites Gebiss wachsen, schärfer als das erste. Mich wirst du nicht überleben, auch wenn jeder Löffel dir neue Hoffnung gibt. Mir wird nichts übrigbleiben.

Kai Weyand
Am Dienstag stürzen die Neubauten ein

Letzten Dienstag habe ich Onkel Bruno umgebracht. Das war ungewöhnlich für einen Dienstag. Dienstage sind eigentlich furchtbar langweilige Tage. Es gibt kein langweiligeres und emotionsloseres Wort als Dienst. Und so gibt es auch keine trostloseren Tage als Dienstage. Die Emotion, die eigentlich bei jedem Wort in irgendeiner Form zuschlagen sollte, wird bei dem Wort Dienst müde, dienstmüde, vergisst darüber ihre Dienstpflicht, verweigert fortan jeglichen Dienst und wird dienstkrank. Und auch ich melde mich dienstags meistens krank.

Letzten Dienstag jedoch kam alles ganz anders. Da brachte ich, wie gesagt, meinen Onkel Bruno um und das war ein durchaus emotionsgeladener Vorgang. Es war der Dienstag, an dem Freud und Bügel kamen. Ich erzählte ihnen, dass Onkel Bruno tot sei, nicht aber, dass ich ihn umgebracht hatte. Ich erinnere mich noch genau an den Tag, an dem ich Onkel Bruno das erste Mal gesehen habe. Es war ein Dienstag und ich sieben Jahre alt.

Meine Mutter sagte wie aus heiterem Himmel: »Onkel Bruno hat Geburtstag.« Ich kannte keinen Onkel Bruno, aber das sollte sich schnell ändern. Denn von nun an hieß ›Onkel Bruno hat Geburtstag‹: wir fahren zu Onkel Bruno. Jedes Jahr. Die Fahrt begann schon Wochen vor dem eigentlichen Geburtstag. Meine Mutter sagte: »Weißt du noch, letztes Jahr, wie Onkel Bruno sich über dein Geschenk gefreut hat?«

»Ja, ja«, sagte ich dann, »ist ja schon gut, ich male ihm wieder ein Bild.«

Es war wie ein Pawlow'scher Reflex: Meine Mutter sagte, Onkel Bruno hat Geburtstag und ich setzte mich hin und malte ein Bild.

»Oh, ein Bild«, säuselte Onkel Bruno jedes Mal. Ich aber säuselte schon, während ich das Bild malte: »Oh, ein Bild.« Ich spürte bereits damals, auch wenn ich es nicht in Worte hätte fassen können, dass man sich in seiner Sprache dem Gegenüber anpasst. Und säuseln tut man nur, wenn man glaubt, einen Idioten vor sich zu haben. Onkel Bruno hielt mich für einen Idioten. Also säuselte ich, noch bevor er überhaupt daran denken konnte zu säuseln, ich aber schon wusste, dass er säuseln würde. So, dachte ich, machte ich ihn zum Idioten. Aber man besucht nicht gerne einen Idioten.

Und so drückte ich mich verlegen an der Eingangstür herum, versuchte das zusammengerollte und mit einer roten Schnur zusammengebundene Bild hinter meinem Rücken zu verstecken, bis meine Mutter schließlich ihre Hand in meinen Nacken legte, um mich sanft, aber unmissverständlich zu Onkel Bruno zu schieben. Dabei flüsterte sie mir zu: »Du weißt doch, wie Onkel Bruno sich freut.« Natürlich wusste ich, wie Onkel Bruno sich freut. »Er lacht mir immer ins Gesicht und stinkt zum Gott Erbarmen aus dem Mund«, erzählte ich Freud und Bügel. Die finden seitdem ihre ganze Verwandtschaft zum Gott Erbarmen.

So stand ich dann mit meinem Bild hinterm Rücken vor meinem Onkel – meine Mutter hatte rechtzeitig ihre Hand von mir genommen, dass es nicht so aussah, als würde ich nicht freiwillig zu ihm kommen – und murmelte »Herzlichen Glückwunsch, Onkel.« Er nahm mich nie gleich wahr, weil er immer mit irgendwelchen Leuten in ein Gespräch vertieft war und einen Idioten konnte man warten lassen. So stand ich viele Jahre vor ihm, starrte auf seine Hosentasche, in der seine Finger mit einem Schlüsselbund spielten, murmelte immer wieder einmal Herzlichen Glückwunsch, Onkel und wartete, bis ihn einer der Umstehenden auf mich aufmerksam machte.

»Ah, du bist's. Du willst mir gratulieren, alles klar«, tönte er dann so laut und lachte mir ins Gesicht, dass ich vor Scham rote Ohren bekam. Dann beugte er sich zu mir und dröhnte: »Was hast du denn da hinterm Rücken? Ist das für mich?« Also holte ich meine Hände hinterm Rücken hervor und zählte leise bis drei. Wenn er bis drei säuselte, hatte ich gewonnen. Es war ein absurdes Spiel. Ein Spiel, das man spielt, wenn man rote Ohren hat.

Natürlich freute sich mein Onkel nicht wirklich über meine Bilder. Immer, wenn wir ihn besuchten, lief ich durch die ganze Wohnung und schaute an den Wänden, ob irgendwo ein Bild von mir hing. Nie habe ich eines entdeckt.

Es war aber auch mein Onkel, der mir bei jedem Besuch einen Fünfer zusteckte. Und es war mein Onkel, der mir, als ich zwölf war, einen Schal meines Lieblingsklubs mit den Unterschriften von Herbert Reiss und Paul Dörflinger schenkte. Und es war mein Onkel, der mit seinen Zehen Chips aus einer vor ihm liegenden Schüssel greifen konnte, ohne dabei zu krümeln. Und es war mein Onkel, der sich wunderte, warum ich keine Chips essen wollte.

Leider ist diese Geschichte nicht wahr. Ich habe sie mir nur ausgedacht. Onkel Bruno hat nie »Oh ein Bild« gesäuselt und er hat auch nie Chips mit den Zehen aus der Schüssel geholt. Und meine Mutter hat mich nie gezwungen, Onkel Bruno zum Geburtstag zu gratulieren, geschweige denn ihn zu besuchen. Onkel Bruno hatte nie Geburtstag. Ich habe ihn erfunden, ihn mir nur vorgestellt. Und wenn ich am Anfang sagte, dass ich Onkel Bruno getötet habe, so war es natürlich kein richtiger Mord, wenngleich – vielleicht ist es doch ein Mord, wenn man eine Person zum Leben erweckt, ihr einen Atem einhaucht und sie fast dreizehn Jahre lang wie einen Schlüssel in der Hosentasche tagtäglich mit sich herumträgt, bereit sie jederzeit hervorzuholen und etwas über sie zu erzählen. Ich wusste alles über ihn, welche Strümpfe er trug, dass es Kniestrümpfe waren und er sie tatsächlich bis zu den Knien hochzog; ich wusste, dass ich ihn einmal nackt unter der Dusche gesehen hatte, wie groß sein Glied war, wie seine Schambehaarung aussah, dass er eine Hühnerbrust hatte, manchmal Wurst aufs Marmeladenbrot legte und sich heimlich die Beine rasierte.

Aber das alles habe ich mir, wie gesagt, nur ausgedacht oder hätte ich mir ausdenken können. Ich habe Onkel Bruno erfunden, als ich sieben Jahre alt war und einmal mit Freud und Bügel auf dem Schulhof stand. Ich erinnere mich noch genau, wie wir beisammen standen, es war ein Dienstag und wir wollten uns für den nächsten Tag verabreden, wahrscheinlich zum Fußballspielen. Auf einmal sagte Freud: »Scheiße, ich kann nicht, Tante Käthe wird fünfzig.« »Wer ist Tante Käthe?«, fragte Bügel. Und Freud fing an zu erzählen von Tante Käthe, ihren falschen Zähnen, dass sie sich unter den Achseln rasierte und – wie er glaubte – auch woanders, von Onkel Josef, der ein Loch in ein Papiertaschentuch pupsen und die Tonleiter rülpsen konnte und Bügel fing an zu lachen und ich auch, und Bügel krümmte sich vor Lachen und ich auch, aber bald merkte ich, dass Bügel aus einem ganz anderen Grund lachte und sich krümmte als ich. Nicht weil Freuds Erzählung so witzig war, sondern weil er, Bügel, das alles kannte, weil er auch Tante Käthes und Onkel Josefs und andere Verwandte hatte, die komisch waren. Ich aber hatte bislang nicht einmal gewusst, dass Verwandte komisch waren, denn ich hatte gar keine, keinen Opa keine Oma, nicht einmal einen Vater, von dem ich einen Onkel hätte erben können. Und mir fiel das Lachen immer schwerer und krümmen konnte ich mich schon gar nicht mehr. Und ich merkte, wie Freud und Bügel mir entglitten, wie sie sich Schritt für Schritt von mir entfernten und ich immer weiter ins Abseits rutschte. Sie waren in eine Welt abgetaucht, die mir fremd war und ich fühlte mich wie jemand am falschen Ort, der sich inbrünstig wünscht, es wäre der richtige. So erfand ich Onkel Bruno. Und meinen Onkel Bruno stellte ich mir so vor, dass er es locker mit all den Tanten Käthes und Onkel Josefs von Freud und Bügel aufnehmen konnte. Und tatsächlich hatte ich nie wieder das Gefühl im Abseits zu stehen.

Leider stand ich nie zusammen mit Freud und Bügel auf dem Schulhof und habe über Freuds Tante gelacht. Ich habe mir das nur ausgedacht, wahrscheinlich, weil ich mir vorstellte, dass es bestimmt schön gewesen wäre. So schön, wie mit Freud und Bügel befreundet zu sein. Aber die beiden waren nie meine Freunde. Obwohl ich tatsächlich einmal in der zweiten Klasse ganz in der Nähe von ihnen auf dem Schulhof stand. Meine Beine zitterten vor Aufregung. Ich lehnte an der Mauer, die Hände in den Hosentaschen vergraben. Zum einen, weil ich fürchtete, sie könnten auch anfangen zu zittern, zum anderen, wollte ich einen möglichst desinteressierten und unbeteiligten Eindruck machen. Meine Ohren allerdings waren groß und ich fühlte förmlich, wie sie bei jedem Wort, das zu mir herüberdrang, größer wurden, immer größer und wahrscheinlich auch über alle Maßen rot, da ich sie beim besten Willen nicht klein halten konnte. Tatsächlich hörte ich Freud von Tante Käthe erzählen und Bügel lachen und ich hätte so gerne mitgelacht, nichts habe ich mir damals sehnlicher gewünscht. Und plötzlich kam Onkel Bruno in meinen Kopf. Einfach so. Bums, war er da. Und er fing auch gleich an zu reden in meinem Kopf. Er sagte: »Na los, mein Junge, trau dich. Jetzt bin ich da, es kann dir nichts passieren.« Also drehte ich mich zu den beiden um und sagte: »Hab ich euch eigentlich schon von Onkel Bruno erzählt?« Freud und Bügel machten mir ziemlich schnell klar, dass ich ihnen nichts zu erzählen brauchte, weder von Onkel Bruno noch von sonst etwas.

Aber auch diese Geschichte habe ich mir nur ausgedacht, weil das wirkliche Leben viel schrecklicher ist, als jede Vorstellung, weil man im wirklichen Leben tatsächlich rote Ohren bekommt vor Scham und weil das im wirklichen Leben kein schönes Gefühl ist. Ich habe mir das nur ausgedacht, weil man in seiner Vorstellung zwar auch rote Ohren bekommen kann, aber in der Vorstellung können rote Ohren Zeichen eines Helden sein. Ich aber war kein Held in der Wirklichkeit.

Es stimmt, ich habe Onkel Bruno kennen gelernt, als ich sieben Jahre alt war. Eines Tages stand er vor der Tür, einen Koffer neben sich und meine Mutter sagte zu mir: »Das ist dein Onkel Bruno.« Ich erinnere mich nicht mehr genau, wie er damals aussah. Er war groß, riesig in meiner Erinnerung, er hatte engstehende, kleine Augen, es war fast nichts Weißes um die Pupillen zu sehen, aber ich erinnere mich noch gut an den Ton der Stimme meiner Mutter, als sie sagte: »Das ist dein Onkel Bruno.« Es klang, als wollte sie sich entschuldigen, als täte es ihr Leid.

Ich sagte: »Guten Tag, Onkel Bruno« und er nickte mir zu. Es war kein freundliches Nicken, es war ihm lästig, das spürte ich. Er hat überhaupt, glaube ich, nicht ein einziges Mal mit mir geredet, ausgenommen Befehle, die er mir erteilte. Meistens, dass ich den Mund halten sollte. Meine Mutter sagte in der Regel nichts, außer: »Tu, was Onkel Bruno sagt, bitte.« Ich hielt also meinen Mund, aber nicht ihm, sondern meiner Mutter zuliebe und das auch nur, weil sie das Wort bitte so seltsam betonte, so als hätten wir zwei ein Geheimnis und ich würde schon verstehen. Nach ein paar Tagen, in denen sich Onkel Bruno aufführte, als hätte er schon immer bei uns gewohnt, hörte ich in der Nacht durch die Wand meine Mutter schluchzen. Ich wusste nicht, warum sie heulte, aber ich wusste, dass es etwas mit Onkel Bruno zu tun hatte. Von jener Nacht an hörte ich das Schluchzen oft und ich erkannte mit einem Mal, dass meine Mutter keine Heldin war. Als ich das erkannte, kamen mir die Tränen und zum ersten Mal in meinem Leben heulte ich lautlos. Das war der Moment, in dem ich beschloss ein Held zu werden. Es muss einen Helden geben, dachte ich. In allen Geschichten, die ich kannte, kam ein Held vor.

Eines Nachts hörte ich meine Mutter wieder schluchzen und Onkel Bruno fluchen: »Hör endlich auf mit diesem Scheißgeflenne.« Da schlich ich mich in die Küche und holte das Brotmesser. Dann stellte ich mich vor die Schlafzimmertür und wartete. Ich wartete darauf ein Held zu werden. Aber dann ging auf einmal alles ganz schnell. Die Tür wurde aufgerissen und ich sah ihn vor mir. Er war nackt. Ich sah seinen Penis und seine Schambehaarung, die sich bis zum Bauchnabel ausbreitete. Ich sah den Bauchnabel und wollte zustechen. Instinktiv spürte ich, dass er mich noch nicht wahrgenommen hatte. Er war im Türrahmen stehen geblieben, hatte sich noch einmal zu meiner Mutter umgedreht, die immer noch im Hintergrund schluchzte und gesagt: »Hör endlich auf zu flennen, blöde Sau.« Ich wollte zustechen, jetzt in diesem Moment wollte ich zustechen, aber ich rührte mich nicht, regungslos stand ich vor diesem massigen Körper und starrte auf die kleinen, schwarzen, gekräuselten Haare, die wie ein Dreieck den Bauchnabel aufs Korn nahmen.

»Was will denn der kleine Scheißer hier?«, schrie er auf einmal und schon hatte er mich unter den Armen gepackt und zu sich auf Augenhöhe gehoben. Auf einmal wurden seine Augen groß. Große Augen können nicht böse gucken und wenn man nicht böse gucken kann, kann man vielleicht auch nicht böse sein. Seine Stimme klang nicht aggressiv, als er fragte: »Was willst du denn mit dem Messer?« Sie klang erstaunt. Aber dann fing er an zu lachen und er stellte mich wieder auf den Boden, weil er sich den Bauch halten musste vor Lachen. »Schau dir diesen kleinen Scheißer an«, rief er immer wieder. »Schau dir diesen kleinen Scheißer an.« Meine Mutter hatte inzwischen aufgehört zu schluchzen. Sie hatte sich aufgerichtet im Bett und schaute mich an, mit einem ebenso erstaunten Blick wie Onkel Bruno. Mir schoss das Blut in den Kopf und ich wusste, ich hatte versagt. Und wenn man einmal versagt, fürchtet man, immer zu versagen. Onkel Bruno würde von nun an immer rufen: »Schau dir diesen kleinen Scheißer an«, und wenn er es nicht rufen würde, würde er es denken. Und ich vielleicht auch. Das Messer interessierte Onkel Bruno überhaupt nicht. »Wolltest dir wohl 'ne Scheibe abschneiden von mir?«, lachte er und sein Lachen wurde immer lauter, immer dröhnender, bis es vollständig in meinen Kopf eingedrungen war. Er nahm mich nicht ernst und würde mich nie ernst nehmen, bis ich zustechen würde. Aber ich stach nicht zu. Dann aber schlug er zu, so kräftig, dass ich nur das Knallen hörte und gar nicht registrierte, wie mich die Wucht des Schlages durch den halben Flur gegen die Haustür schleuderte. Mein Kiefer war gebrochen. Ich weinte nicht, auch nicht, als meine Mutter mich ins Krankenhaus brachte und erzählte, dass ich vom Hochbett gefallen sei. Ich weinte nicht, aber ich wusste, dass das nicht reichte, um ein Held zu sein. Zwölf Tage musste ich im Krankenhaus bleiben. Als ich wieder nach Hause kam, war Onkel Bruno verschwunden. Er ist nie wieder aufgetaucht. Meine Mutter und ich haben nie über ihn gesprochen, nicht ein einziges Wort, aber ich wusste immer, dass auch sie nicht zur Heldin geworden war, dass nicht sie für sein Verschwinden verantwortlich war.

Auch diese Geschichte ist nicht wahr. Ich habe sie mir ebenfalls nur ausgedacht, wie all die anderen Geschichten auch. Ich habe sie erfunden. An einem Dienstag. Und warum? Weil ich mich langweile an so einem Dienstag, an dem nichts passiert, an dem sich keine Chancen bieten, zum Helden zu werden. Und an dem der Trübsinn sich schon in der Nacht zu einem legt, damit am Morgen erst gar keine Zweifel aufkommen, was für ein Wochentag ist. Ja, so ist das. Und so bleibe ich dienstags oft im Bett, zusammen mit dem Trübsinn, der anspruchslos ist, keinen Platz und keine Decke beansprucht, sondern sich wie eine zweite Haut an mich schmiegt. Und immer nur für einen Tag bleibt. Den Dienstag. Den Tag, an dem ich mir Geschichten ausdenke.

Aber selbstverständlich ist das nicht wahr. So viele Geschichten kann ich mir gar nicht ausdenken, auch nicht an einem ganz besonders langweiligen Dienstag. Und schon gar nicht an einem Dienstag, an dem ich gerade meinen Onkel umgebracht habe.

Die Autoren

Larissa Boehning wurde 1971 in Wiesbaden geboren und studierte Kulturwissenschaft, Philosophie und Kunstgeschichte. Sie arbeitet als freie Grafikdesignerin in Berlin, war Preisträgerin mehrerer Wettbewerbe und ist zur Zeit Stipendiatin am Literarischen Colloquium Berlin in der Autorenwerkstatt Prosa.

Kirstin Breitenfellner wurde 1966 in Wien geboren und studierte Germanistik, Philosophie und Slawistik. Sie ist Lektorin, Autorin, Übersetzerin und Literaturkritikerin für verschiedene Zeitungen, Zeitschriften und für den Rundfunk. Sie lebt in Wien.

Anna Lisa Corrinth wurde 1979 in Karlsruhe geboren und studiert Germanistik und Französisch. 2001/02 war sie als Fremdsprachenassistentin in Rennes (Bretagne) tätig.

Uwe Diemar wurde 1969 in Frankfurt am Main geboren und studierte Germanistik, Philosophie und Politikwissenschaft. Heute lebt er in Eschborn.

Wiebke Eden wurde 1968 in Jever geboren und studierte Germanistik und Pädagogik. Sie veröffentlichte ihre Magisterarbeit über Franziska zu Reventlow und zwei journalistische Sachbücher. Zurzeit ist sie in Berlin als freiberufliche Journalistin für Printmedien tätig.

Michael Eric wurde 1970 geboren und studierte Sozialpädagogik. Er schreibt seit 1986 Gedichte und ist u.a. Mitglied in der Neuen Gesellschaft für Literatur Berlin. Er veröffentlichte im Eigenverlag LÆSER *edition* mehrere Gedichtbände, zuletzt »Rilke Blues« 2000. Michael Eric lebt in Berlin.

Ariane Grundies wurde 1979 in Stralsund geboren und studierte Germanistik und am Literaturinstitut Leipzig. 2002 erhielt sie das Stipendium für Literatur der Länder Sachsen und Mecklenburg-Vorpommern.

Mascha Kurtz wurde 1970 geboren und studierte Kommunikationsdesign. Sie organisierte Poetry Slams und Lesungen, war Mitherausgeberin des Literaturmagazins Fisch und erhielte mehrere Stipendien, u.a. das Stipendium der Akademie Schloss Solitude/ Stuttgart. Zur Zeit arbeitet sie als freie Autorin und Journalistin in Hamburg.

Milena Oda wurde 1975 in der Tschechischen Republik geboren und studierte Germanistik und Geschichte. Zur Zeit studiert sie in Düsseldorf Romanistik und Anglistik.

Anne Otto wurde 1970 geboren und studierte Psychologie. Sie arbeitete mehrere Jahre in verschiedenen Psychiatrischen Krankenhäusern und im Frauengefängnis. Sie veröffentlichte Prosa, Drehbücher und Artikel für verschiedene Zeitungen und Zeitschriften. Seit 1997 lebt sie in Hamburg und arbeitet dort als Autorin und Journalistin.

Carsten Polzin wurde 1976 in Hannover geboren und studierte Rechtswissenschaft. Er veröffentlichte Erzählungen, journalistische Artikel und juristische Aufsätze und arbeitet zur Zeit an seinem zweiten Kriminalroman. Heute lebt er in Basel und ist dort bei der Staatsanwaltschaft tätig.

Sascha Pranschke wurde 1974 in Hannover geboren und ist ausgebildeter Gärtner. 2001 veröffentlichte er die Erzählung »Hinter Glas« in der Zeitschrift »Bücher« (Nr. 11/2001). Er lebt und studiert heute in Hildesheim.

Katrin Reich wurde 1970 geboren und studierte Germanistik, Anglistik und Bildende Kunst. Sie erhielt ein Arbeitsstipendium der Berliner Senatsverwaltung für Lyrik und ist Meisterschülerin der UdK Berlin. Neben Bühnenauftritten und Rundfunk-Veröffentlichungen publizierte sie mehrere Gedichte. Zurzeit lebt sie in Berlin.

Stephan Reich wurde 1969 in Bremerhaven geboren und studiert Germanistik und Anglistik. 1989 erhielt er den »Literarischen Preis des Landes Bremen für Schülerinnen und Schüler«. Er lebt heute in Bremen und schreibt Geschichten, Gedichte und Essays.

Tom Schulz wurde 1970 in der Oberlausitz geboren und ist freier Autor. Er hat seit 1991 in zahlreichen Magazinen und Zeitschriften veröffentlicht, außerdem sind von ihm erschienen »Städte, geräumt« (Laufschrift Edition. Fürth 1997) und »Trauer über Tunis« (Parasitenpresse. Köln 2001). Er lebt im Friedrichshain.

Christian Schünemann wurde 1968 in Bremen geboren. Er studierte Slawistik und absolvierte die Evangelische Journalistenschule in Berlin. 2001 wurde er mit dem Helmut-Stegmann-Preis für Journalistenschüler ausgezeichnet. Er ist freiberuflicher Journalist und Drehbuchautor und lebt in Berlin.

Achim Stricker wurde 1973 geboren und studierte Neuere deutsche Literatur, Musikwissenschaft und Philosophie. Er erhielt ein Künstlerisches Zertifikat am Schreibseminar »Studio Literatur und Theater« der Universität Tübingen und ist freiberuflicher Journalist und Künstler. Zur Zeit promoviert er in Tübingen.

Kai Weyand wurde 1968 in Freiburg geboren und studierte Pädagogik für das Lehramt an Realschulen. Er war als Lehrer und in der Erwachsenenbildung tätig. Seit 2001 ist er stellvertretender Leiter des Literaturbüros Freiburg. 2001 erhielt er ein Stipendium des Förderkreises deutscher Schriftsteller in Baden-Württemberg.

Preisträger und Jury beim »Open Mike« 1993–2001

Jahr	Jury	Preisträger
1993	Uwe Kolbe Ginka Steinwachs Peter Wawerzinek	Wolfgang Schlenker Tim Krohn Kathrin Röggla
1994	Bodo Hell Katja Lange-Müller Michael Wildenhain	Ulf Stolterfoth Karen Duve Michael Müller
1995	Sabine Peters Walter Klier Jan Faktor	Julia Franck Sabine Neumann Christian Futscher
1996	Friederike Kretzen Kerstin Hensel Wilhelm Bartsch	Marcus Jensen Vera Henkel Olaf Behrens
1997	Margit Schreiner Kurt Drawert Michael Roes Burkhard Spinnen	Robby Dannenberg Björn Kuhligk Terézia Mora
1998	Brigitte Oleschinski Marlene Streeruwitz Georg M. Oswald	Boris Preckwitz Stephan Groetzner Tobias Hülswitt
1999	Birgit Vanderbeke Kathrin Schmidt Arnold Stadler	Almut Tina Schmidt Jochen Schmidt Michael Stauffer

2000	Terezia Móra Gerhard Falkner Silvio Huonder	Zsusza Bánk Claudia Klischat Markus Orths
2001	Julia Franck Jens Sparschuh Adolf Muschg	Nico Bleutge Erika Anna Markmiller Tilman Rammstedt